U0508073

诗路花语

和卓雅 ＊ 著

陕西新华出版

太白文艺出版社·西安

图书在版编目（ＣＩＰ）数据

诗路花语／和卓雅著 . -- 西安：太白文艺出版社，
2025.3.--ISBN 978-7-5513-2964-4

Ⅰ . I217.2

中国国家版本馆 CIP 数据核字第 2025A439Y0 号

诗路花语
SHILU HUAYU

作　　者　和卓雅
责任编辑　李明婕
封面设计　文　周
版式设计　宁　萌
出版发行　太白文艺出版社
经　　销　新华书店
印　　刷　四川科德彩色数码科技有限公司
开　　本　880mm×1230mm　1/32
字　　数　188 千字
印　　张　7.75
版　　次　2025 年 3 月第 1 版
印　　次　2025 年 3 月第 1 次印刷
书　　号　ISBN 978-7-5513-2964-4
定　　价　86.00 元

序　言

张应龙

　　宜君是个好地方。虽然已经离开多年，但从未感觉到真正的离开，宜君的山、宜君的水、宜君的老百姓从未离开我。质朴、勤劳、善良永远是宜君人的品质和符号。改革开放以来，特别是党的十八大以来，宜君县委、县政府带领宜君人民群众，心往一处想、劲往一处使，始终把发展作为第一要务，把改善民生福祉作为出发点和落脚点，宜君的经济社会发展取得了令人瞩目的成就，人民群众的生活面貌发生了翻天覆地的变化，不仅在物质层面上得到了满足，精神文化生活也日新月异。

　　"宜君剪纸"享誉海内外；"打连钱"作为非物质文化遗产走出了国门；各类"文艺小院"人头攒动；刘小元、张和平等一批本土作家经常活跃在省市级媒体，作品不断；歌曲《宜于君来》唱出了宜君的真实韵味；《大树无疆》用一棵千年娑罗树把宜君与世界相连；《背馍》"背"出一代人的经历，反映了一个时代的变迁；身残志坚的冯新明实现了他的轮椅上的文学梦，在县残联、文联的支持下出版了《家在宜君》；张德民的《我的农耕记忆》《在希望的田野上》、武肖波的《蒲公英》等一批文学作品面世，都是县文联积极支持、辛勤工作的结晶。

　　今天，作为县文学艺术界领路人的和卓雅女士出版了这部

《诗路花语》，可喜可贺，是宜君文学艺术界的一件大事、喜事、盛事，作为一名宜君人，我骄傲。

　　《诗路花语》是一部诗歌散文集，是作者十几年来从事文学工作的心路历程，也是宜君经济社会文化生活发展的一个缩影。我对文学创作不是那么通晓，但我觉得，诗和散文是最基本的文学体裁，是人民群众最容易、最直接接受的文化传播形式。整部诗集不仅反映出了宜君人纯真、朴实、奋进的特点，还反映出作者对家乡一草一木的热爱、钟爱，愿意笔耕不辍，倾情书写宜君、赞美宜君、宣传宜君，不断努力进取，在文学创作、剪纸文化、摄影等多方面、全方位地去记录、去宣传宜君的方方面面，为宜君的经济社会发展贡献力量。用作者自己的话概括：把文字铺成一条长长的路，开成一树绚烂的花，铺在故乡的天地间……"平实的话语既道出了作者的心声，更是对宜君美好明天的期盼。

　　最后，我对卓雅女士表示恭喜，对宜君文学艺术界表示祝贺。希望你们不断有新作问世，希望宜君的发展更好，宜君人民群众更加幸福。

（张应龙，陕西省铜川市政协原主席）

这位女子

刘爱玲

认识和卓雅女士，是在一次秋天的"铜川发展巡礼"采风活动中。大部队到达宜君，来接待我们的工作人员中，一位女子着一袭紫红色连衣裙，肤色白皙，气质优雅，在秋天抹了明油似的阳光中，让人眼前一亮。有人告诉我，她就是宜君县文联的和卓雅。我"哦"了一声，卓雅，细细品味这两个字的含义，再看她在人群中的身影，竟然觉得十分妥帖。

因宜君与新区相距遥远，我身有不便，遇到和卓雅的机会并不多，只是心中牢牢记住了那个秋天下午站在阳光中面容姣好的女子。过了很久的一天，我接到一个陌生来电，对方自报家门，她是宜君的和卓雅，说宜君创办了一份杂志，向我约稿。我欣然应允。

宜君曾是我极其向往的地方，那里有福地湖、魏长城、玉华宫、玄奘、鬼谷子，还有我爱吃的苞谷糁子打搅团。宜君豆腐更是一绝，生着掰一块，啥调料都不要，我都能吃得很香甜。在去宜君之前，我就曾写过一篇散文《远眺宜君》，去过之后，关于宜君的文字就更多了。

宜君是一块有着丰厚历史文化积淀的土地，随着来自宜君的朋友越来越多，我也开始关注那里的文化动态，发现这片土地上的文化活动非常活跃。特别是"山城文韵"公众号的开通，让我随时都能得到来自宜君的消息，时常能看到卓雅的身影，甚至还能读到她的几篇小文章，让我觉出这位女子的几分神秘。

直到几天前，她发来自己的诗歌集让我看，后又发来她的散文集，说是准备出书，让我写几句话。细读卓雅的诗文，发现在她雅致的外表下，掩藏着一颗善良柔软、灵动而朴实的心。她的文字大多写宜君，宜君的山水四季，冬雪白、春草绿、夏花红、秋叶黄；宜君的人文历史，她娓娓道来，如数家珍；宜君的色彩、声音、味道……读她的诗文，恍惚中，是跟随了一位衣袂飘飘的仙女，借助了她的明眸，去发现、去感受、去重走，去爬上龙山公园的顶端，俯视山城的红尘，随岁月之河回溯；去福地湖，看碧波荡漾，听水鸟歌唱；去花溪谷，看那一谷鲜花姹紫嫣红，路边核桃，硕果累累……

她写《清凉龙山》："在绿荫中前行，在花丛中散步，在清凉中休憩，在氧吧中吐纳，享受那份特有的幽静与安适，游览整个龙山，令人回味无穷。宜君龙山犹如繁华背后一道婉约的美景，俯仰之间总能留存一抹清新的绿意，让人喜心满怀。"她写《宜君梯田美如画》："一年四季，梯田都有它的特点。夏天，一片青葱秧苗，翠翠绿绿；秋天，一片金灿灿，丰收烂漫。但最美的时候却是春天，因为刚铺上白色地膜的梯田闪现出银色的光芒，从而凸显出梯田婀娜多姿的轮廓。在阳光和云雾的滋养下，如一幅浩瀚苍茫、气象万千的水墨画，让人在陶醉中生起一种身在仙境的幻觉。"她写《山城秋天》："山城宜君的秋天，没有蚊蝇，没有朔风；没有半遮半掩的朦胧，没有不切实际的梦幻，没有毫无节制的狂热，没有城府颇深的世俗。宜君的秋天，就像一名成熟的中年人，展现了大度、稳重、洒脱、宽容、温和、理智、聪睿与幽默。"……这样的句子随处可见。

卓雅也写亲人家庭。写对母亲陪伴少的愧疚；写对敬业的"他"的画像，欲扬还抑的赞美；写对少年的期冀，一位母亲的骄傲与拳拳之心跃然纸上……原来，这位女子的内心，也与普通人一样，在工作尽职尽责之外，柴米油盐，用真情织就幸福的生活。

与小说不同，小说是虚构的艺术，而散文最大的特点是情感的再现，我手写我心。散文是作者心灵的映照，很多时候，在一个人的散文里，可以读出她的心灵自传。读完卓雅的诗文集，我感叹于她的真，更感叹于她有一双发现美的眼睛。从事写作的人，最懂得拥有这种慧眼的可贵与幸运。美美与共，相信宜君文艺在卓雅这位美丽女子的引领下，会走向一个更加美好的未来。

（刘爱玲，铜川群众艺术馆作家，陕西省残疾人作家协会副主席，著有长篇小说《把天堂带回家》，中篇小说《上王村的马六》获全国梁斌小说奖中篇类一等奖。）

文字开成的美丽花朵

党　剑

　　散文诗歌集《诗路花语》收录了和卓雅近年来创作的散文诗歌作品，上辑是散文，分为岁月如歌、山清水秀、感恩的心三个板块；下辑是诗歌，分为岁月不居、康养之城、古韵风雅、悠然自得四个板块。

　　诗歌是特别注重抒写自我内心感觉的文体，但是，如果作者过分关注与书写自我感觉，无形中可能会使写出的诗句呈现一种抽象的高蹈之姿，增加读者的理解难度，造成与读者之间的疏离。这一点，尤其需要那些刚刚步入诗歌园地的作者警惕。诗人只有广泛深入地关注包括我们自身在内的更多人的生活、情感与命运，从对个体经验的关注，转向书写更广阔的现实生活，诗歌之路才会越走越宽广。但是，在我阅读《诗路花语》中这些诗歌作品的时候，全然没有了这种担心，进入了一个阔达、舒朗的诗歌的艺术天地。

　　诗歌小辑收录了作者不同时期、不同风格的代表性诗歌作品，呈现了她诗歌写作的真实状态与不俗成就。"岁月不居""康养之城""悠然自得"主要是现代诗，"古韵风雅"工于旧体，包括律诗、绝句等，古风古韵，风雅卓然。长歌短调，琴瑟和鸣。

阅读诗歌是持续靠近一个人心灵世界的过程，穿过词语建构的文本天地，逐渐靠近一名普通写作者的俯仰之间，岁月流变，对我来说，这也是一个感受原创文学作品本真之美的愉悦过程。

比如这首"古韵风雅"里面的《云》。"云水本一体，遇冷凝珠滴。随风纵横变，浮沉茫茫迹。"隔行押韵，小巧精致，平仄工整，尺寸之间幻化四海风云、人生浮沉。既有格律诗的平仄韵脚，又有五四时期以冰心为代表的"小诗"神韵。

和卓雅对她作为诗人的内在品质有着自觉的认识，她的诗句"把文字开成美丽的花朵"，无疑是对这一品质的确认和表达。诗人写作的深入程度很多时候和她的内在精神觉醒程度有关，诗歌小辑的开篇之作《诗路花语》，所表达的无疑是一种诗性人格以及创作品质的确认和坚持。"花"作为这首诗的核心意象，同时也是对诗性人格所具有的形而上的阳光朗照一般的本质属性的强调，诗句充分表达了诗人对诗歌价值的肯定，以及对诗歌写作介入现实生活具有劝喻功用的强力意志。

诗人带着肉身在尘世行走，与生活相遇相撞。这一过程并非总是愉快的，其间的痛苦和失意经常唤起内心的风暴，形成有时是沉郁的表达，比如《宜君创业者之歌》，在这首描写创业者的诗里面有一个重要的意象：阳光。尽管"茫茫大海，无处靠岸"，使得"春夏秋冬，叹息抱怨"的创业者感到创业的艰辛与坎坷，然而创业行动势在必行，因为"党的温暖阳光般照耀了我们"。当一个诗人反复吟唱家乡，歌颂党恩的时候，仿佛她笔下的诗歌生命才有了无上的光华。这里的光华是理性与灵性审慎结合的产物，是诗意的表述和对生活之源泉深切的感悟。正如《宜于君来》这首诗，是来自生活的赞歌与邀约，情真意切。只有生于斯长于斯的人，才会唱出这般深情的歌；只有心地纯良的人，才会写出这纯洁如汉白玉一般的歌；只有热爱生活的人，才会唱出这样火焰一般炽热的歌！

然而和卓雅的诗歌并不总是这样高歌猛进，狂飙突进，她的诗也有写给儿子的殷殷嘱托，母爱深深，比如《你悄悄长大》；也有乡愁缱绻，感人至深的《我的村庄》；也有感慨时光飞逝红颜易老的低声部，比如《忧思》……这些不同况味与音阶的作品，使得整部诗集呈现了金色底色的同时，又具备了多元与丰富的艺术品质。

和卓雅作为一位基层文联的负责人，长期主政一方文艺工作，公务繁忙，夙兴夜寐。但是在工作之余，她笔耕不辍，守护一颗"玲珑心"。这无疑是一个并不十分新鲜的描述，但十分符合我对她的印象。我作为一名文学编辑，曾应邀去宜君进行文学讲座，使我对她的这一印象得到了进一步印证：这个人天生就具有诗人气质，哪怕她一生不曾写过一行诗，具有这种气质的人，总是很容易把她从人群中分辨出来。

这本集子还收录散文数十篇，既有形式上的玲珑剔透、唯美空灵，又不失内涵上的对生活感悟之睿智，还有对众生辛苦之悲悯。

和卓雅的散文具有朴实的美。她的文字是朴素的、沉静的、旷远的。中国古代思想家老子曾经说过这样一句话："信言不美，美言不信。"她的文字行走于真实境界中，讲述着地地道道的普通人的生活，通过朴实无华的风景、随处可见的平凡，告诉人们生活的本真，可以说这是对老子所言的完美诠释。和卓雅把对故土家园的深情藏于对人、景、物的精雕细刻中，体现的是一种平和冲淡的艺术风格，让人联想到沈从文的《湘行散记》、汪曾祺的《故乡的食物》。

和卓雅的散文具有哲理的美。她的散文以独特而丰富的想象，赋予故乡风物以深刻的哲理。《品读宜君》作品中流露出的是一种难得的从容与舒缓，渗透着对命运和乡土世界的深切理解，是散发着乡土气息的物哀哲学。

和卓雅的散文具有情感的美。有一句名言："艺术就是情感。"她写母亲，写丈夫，写儿子，写乡人，写出了刻骨铭心的爱，感人肺腑，催人泪下，当然也不乏会心一笑的睿智与幽默。《陪院的日子》以白描的手法，寥寥数语，就将母女情深的感情状态表达得淋漓尽致。《那个他》运用欲扬先抑的写作手法，不仅刻画了一位高度敬业的乡镇干部的生动形象，还委婉表达了自己作为妻子的自豪与欣喜之意。《给宝贝的一封信》在对儿子的谆谆教导之中，一位望子成龙的慈母形象跃然纸上，由于写出了一种天下母亲的普遍情感，这篇散文拥有众多的读者。她对乡人的感情也是对生命的感情。《风中的紫棉袄》讲了一个"幼吾幼以及人之幼，老吾老以及人之老"的故事，这是对人性中善与爱的一种广泛传播和弘扬，这篇散文中传递出的思想与孔子对大同之世的理解——"人不独亲其亲、不独子其子，使老有所终、壮有所用、幼有所长，矜、寡、孤、独、废疾者皆有所养"的思想是一脉相承的。这是一种大情怀、大悲悯。

和卓雅以非虚构的方式，记录家乡的变化，讲述家乡的风物，展示家乡人民丰富的精神世界，散文和诗歌的表达对象呈现高度的同一性，在一定意义上这是一种互文写作，同一物象在她的散文和诗歌里交替出现，具有散文诗歌双文本写作的特质。

散文诗歌集《诗路花语》就要出版了，作为兄长，作为文友，除了为她感到高兴，还有真诚的祝愿，祝愿她写出更好的文学作品，继续"把文字开成美丽的花朵"，也希望我们喜欢文字的人都有一颗精致的"玲珑心"，即使生活给予我们的总是粗砺的石头，我们回报生活的，仍然是一捧历久弥新的花朵。

（党剑，陕西省富平县人，生于1971年，陕西省作家协会会员，鲁迅文学院陕西中青年作家高研班学员。著有诗集《纸上的道路》《党剑的诗》《黎明之路》等。）

目录

宜于君来

诗路花语

古韵风雅

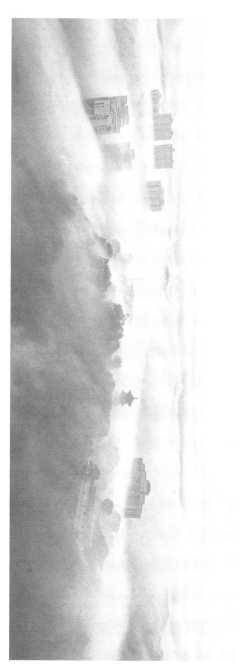

宜君晨雾

宜于君来

岁月如歌

宜君欢迎你

　　清风凉夏气象新，曼妙多姿绿意深。避暑康养幸福城，宜你宜他宜于君。三年前，有一群人争分夺秒、紧张有序地抢救了一辆侧翻货车。这就是发生在宜君县弥家塔村的集体救人事件。在央视的领奖台上，宜君好人风采，凝结成一个永恒的缩影，打动了无数人的心。"鱼乘于水，鸟乘于风，草木乘于时。"正是有了无数个勤劳善良、厚德纯朴的群体中，宜君人上下一心、众志成城，携手共进、砥砺前行，建设宜君、美化家园。

　　一座魏长城，宜学宜赏。宜君历史文化如魏长城一样亘古久远，黄帝之妻嫘祖栽桑织帛，纵横家鬼谷子授业解惑，仰韶文化绵延几千年，彭祖养生延年益寿，姜女泪泉感天动地，北魏石窟诉说历史。宜君道接云天、根植黄河，千年婆罗树紧邻玉华宫，六郎雄关彰显杨家将风采，清人杨素蕴挥戈两广平乱。古有祥和佳句，今有平凹美文，还有宜君剪纸、农民画艺林夺目、享誉海内外。

一城负离子，宜居宜养。绿是我们的底色，蓝是我们的配景，生态环保大县，避暑康养胜地。宜君是天然的氧吧，这里的绿，一望无际，绿得纯粹，绿得彻底。领略旱作梯田、感悟农耕文化、畅游福地湖、探幽云梦山、徜徉花溪谷、漫步仙草园、体验养生堂、小憩拾花居。任你沉醉其中，吸氧洗肺、养颜静心；任你尽享夏季19℃的舒心惬意、清凉玉润。这里是一个没来的人想来、来过的人还想再来的地方。贴近自然、敞开心扉、尽情呼吸，养心，从这里开始。

一座现代城，宜来宜往。富饶的土地养育优良的品质，苹果、玉米、核桃，凝聚了几代宜君人的智慧与汗水；中草药、食用菌种植，肉兔、生猪养殖，蕴含了新时代宜君人对美好生活的向往和憧憬。光伏发电、风力发电、现代医药产业园、四川哈哥、新希望集团等三产的深度融合与迅猛发展，提升了这座现代城市的幸福指数。210国道改线、高铁动工，使城市的构架更加科学合理，城市的品位得到极大提高。城镇面貌焕然一新，街头巷尾欢声笑语，扩街利市商贸兴旺。创新新产业新业态，经济发展了，产业上来了，城乡提质了，大家对这座城市的认同感、归属感、自豪感日益增强。

一群追梦人，宜君宜享。乡村振兴以来，我县上下全力以赴、久久为功，流血流汗不流泪，再苦再累不放弃，探索新模式，拓展新路径，取得显著成效。街道村庄绿树成荫、公共设施齐全、亮丽整洁。几度耕耘几多收获，累累的苹果，红得惹眼、红得赤诚；丰收的核桃，翠衣玉瓤、芬芳四溢；金黄的玉米，物美价廉、漂洋过海。优惠政策暖民心，干群行动强信心，产业振兴腰包鼓，小康路上梦成真。望着丰硕的果实，人们心里流淌着满足和快乐，脸上荡漾着开怀的笑容。这笑容像秋日的红云，红得动人、红得深入人心。

　　"天下难事，必作于易；天下大事，必作于细。"天高云淡，夏风习习，青山绿水，风华正茂。福山福水福地、宜我宜他宜君，花溪谷里百花齐放，翘首以待，似乎在欢迎，好像在期盼，快来宜君休闲度假、避暑养生吧！领略这里的厚度，感受这里的温度，品味这里的深度。

读书的快乐

　　读书是一个永恒的话题，受家庭熏陶和所从事的工作的原因，读书于我已成为一种爱好，一种生活方式，也成为一种追求，一种必须。一天不读书，就觉得好像缺少了什么似的。古人说："人不读书，其犹夜行。"是说一个人如果不读书学习，就会像在黑夜里行走一样茫然。有人说，一个人的精神发育史就是他的阅读史。一个人要想不断进步、与时俱进，除了坚持读书，不知道还有什么别的途径。

　　在快速发展的社会中，大家普遍感到肩上的担子重了，责任大了，原有的理论水平、知识结构、工作经验越来越不能适应当前工作需要了，越来越感到恐慌、能力不足。读书的意义愈加凸显出来。强学博览，书读得多了，知识丰富了，素质提高了，才能适应新时代、新形势、新任务的要求，才能应对新情况、新问题。世间万物，色彩纷呈，人若上百，形形色色。尤其在今天，就业方向、生活方式等均呈多样化，在这种情况下，只有高素质的人才有可能在错综复杂的事物发展中认清本质，看清主流，把握主动。只有透过现象看本质，才能分清主次，把握事物的主要矛盾和次要矛盾，区别矛盾的主要方面和次要方面；才能善于知形识势，见微知著，审时度势，因势利导，从而顺应规律，把握事物发展的趋势。只有多读书，才能厚积薄发，才能创造性地开展工作。只有多学习，才能信息灵、判断准，才能全面、准确、及时地了解形势的变化，进而做出正确的分析和判断。

一日不书，百事荒芜。书籍与整个人类的关系，如同记忆与个人的关系。书籍记述了人类的历史，记录了所有的新发现，记载了古今历代所积累的知识和经验。书籍给人们描绘了自然界的千姿万态、奇观壮景；书籍指引人们渡过难关，安慰人们的心灵，使人们摆脱悲哀和痛苦的羁绊；书籍可以使枯燥乏味的岁月变成令人愉快的日子；书籍将各种信念注入人们的脑海，使人们的脑海充满崇高欢乐的思想，从而使人灵魂升华、心胸开阔、志趣高远、超越小我，树立远大理想。书籍在人类日常生活中所赋予的规劝和慰藉，质同金玉，价值无量。科学、艺术、文学、哲学等，人类思想所发掘的一切，人类劳动所创造的一切，千百代人用苦难的代价换来的一切经验，都在书籍的世界里等待我们，书是人类智慧的结晶。只有坚持读书，才能站在巨人的肩上，才能插上腾飞的翅膀，才能在滚滚红尘中悟规律、明方向，不迷失自我。

强学博览，方能通古今。读书可以获取很多知识，可以使人受到启发，改变人的思维方式，可以掌握运用大量信息、资讯，还可以当成一种休闲、体会、领悟的方式；读书能够使人开茅塞、除鄙见、得新知、增学问、广见识，读书能够使人更虚心、更通达，不固陋、不偏执；读书还能够涵养性情、修持道德，读书更能够使人认清现象与本质，从而认识自己，塑造自己；读书更可以明智，更可以修德，更可以养性，更可以育人……读书，是当今社会人人都应该具备的习惯。书能给人以启发、启示、启迪，让人了解历史、了解社会、了解自己，促人思考、促人警醒。当你读着古今中外名家的作品，会有一种蚕吃桑叶般的感受，同时会感到宏大又细微、极远又极近，像泉水流经山谷，像骏马在草原上奔驰，那是心灵与作品的共鸣。在遨游书海中，天南地北，古今中外，四方八极都令人自由来往。虽没有到过北国，却会有"祁连雪山在眼前"的感觉；虽没有亲身经历，却也懂得贾宝玉与林黛玉的悱恻缠绵；你能和徐志摩一起"作别西天的云彩"，和席慕蓉一起去欣赏那海滩上捡贝壳姑娘的身影；你能和毛泽东一起去眺望北国风光，和马克思一起去讨论具体问题具体分析……读书如同与最高尚的先哲携手共游，飞越无数迷人的仙境和神奇的国土，其乐无穷，废寝忘食，不为外物所滞。读书可以陶冶性情，"腹有诗书气自华"，黄庭坚说三日不读书，便觉语言无味，面目可憎。读书能改变人的气质，林语堂说读书可以使人得到一种优雅和风味，善读书，如入芝兰之室，久而不闻其香，而香却在骨里。读书获取的各种知识是用思想建立起来的精神家园，让你能够体会到人生的意义和智慧。

读书让你具备广博的学识，使你足智、多谋、善断，读书是学习最重要的手段，能够进一步提高自身素质。读书对于一个人的影响是巨大的、深远的，作为现代人，要多多汲取书中精华，来充实自己、丰富自己的知识底蕴。不论你的人生航向驶往何方，拿起书本，多与书接触，多与书亲近，多读书，读好书，终生读书，扩展你的视野，体验多种人生，找到更加广阔的世界！

追寻红色的记忆

近年来，大家普遍认为铜川市文联的活动多姿多彩、有声有色，琴棋书画、吹拉弹唱，丰富多样的文艺活动如同激烈无比的海浪，一浪高过一浪。很多以前低调沉稳的文艺人才也都显山露水，积极展现自己的文艺才干和创作激情，结出一批批丰硕成果。在这火热的氛围里，在这文艺的春天里，我收到铜川市文联的邀请参加红色之旅，对于我这个业余写作爱好者来说，倍感荣幸，早就跃跃欲试，于是调整好状态，准备好精神，整装待发。五月的一个周末，大家采风热情高涨，伴着丝丝柔雨，知名作家、文艺才女等二十几人兴致勃勃地起程了。

第一站是照金，五月的细雨带有些些凉意，这一场雨仿佛正在抚慰着这里，皱着眉头望天宇，我们像是着了迷、出了神，站在习仲勋、刘志丹、谢子长等老一辈无产阶级革命家高大的雕塑下，聆听他们的豪言壮语，感受他们的丰功伟绩，敬佩之情油然而生。我想，在这样的环境里，总会有一些东西是需要我们去仰视的，比如老一辈革命家赤诚的红色精神，想想过去的苦难，看看现在的和平，用鲜血与生命换来的安居乐业，显得弥足珍贵。陕甘边照金革命根据地是刘志丹、谢子长、习仲勋、李妙斋在西北地区创建的第一个山区革命根据地，它曾经有力地震慑了国民党的黑暗统治，牵制了国民党大量兵力，造成了国民党内部的恐慌和混乱，同时，唤起了千千万万陕甘边人民在中国共产党领导下开展土地革命的觉悟，增强了西北人民争取解放的勇气和信心，它又是红二十六军发展壮大、走向胜利的坚强阵地。照金就像一块闪亮的金子，照亮了陕甘边的天空。

第二站是马栏。行至马栏，雨依旧在下，感觉有点儿冷。这里是陕甘宁边区的南大门，培养中国革命英才的摇篮，时称"小关中"，是关中分区的"心腹"。苍茫雄浑的马栏山下，进可攻、退可守，战略优势明显，有很多可歌可泣的故事。马栏是许多革命青年北上延安的重要通道，还是运送战略物资的必经之路，国共两党视其为战略重地而互不相让，封锁与反封锁、摩擦与反摩擦、革命与反革命的战火在这里持续了二十多年。

我们依次参观了关中分区党政军机关及中共陕西省工委马栏旧址、工字房、七孔桥等，大家听得特别认真，看得很仔细，一边讨论一边联想。我对工字房比较感兴趣。工字房，顾名思义，指盖的房子像一个工字，特别简单。一排房子两端宽中间窄，在那个阶段显得很有艺术感，这座房子见证了那段血雨腥风、风云激荡的时期，感觉有点儿苦中作乐、乐观豁达的元素。

第三站是南梁。到了南梁，雨住了，风停了，太阳出来了，但依然清冷，大地简洁而素雅，天空开阔而深远。因在车上听了一路的党史讲解，加上自己平时零散的积累，感觉眉目愈发清晰。南梁革命纪念馆坐落在甘肃省庆阳市华池县南梁镇荔园堡，是为了纪念 20 世纪 30 年代初刘志丹、谢子长、习仲勋等无产阶级革命家开展游击活动，在此建立陕甘边区苏维埃政府而修建的。荔园堡古城曾是北宋抵御西夏南侵的前沿哨所，城名由宋英宗钦赐，城门气势宏伟、庄严肃穆、古香古色，坐落在纪念馆大门左侧。

在讲解员的引领下，我们参观了石牌、碑亭、立体群雕、荔园戏楼、陕甘边区苏维埃政府旧址、革命文物展览室，以及毛泽东、周恩来、朱德等同志的题词和他们用过的武器、马鞍等实物，观看了关于陕甘边区革命斗争史的文字、绘画和图片。巍然耸立的英雄群雕，是以刘志丹、习仲勋，以及边区的第一所红色学校列宁小学的创始人张景文为原型创作的艺术形象，反映了边区群众在政府的带领下开展革命活动的场景。古朴的清音楼，原是荔园堡古城内的戏台，陕甘边区苏维埃政府成立庆祝大会在这里召开，清音楼当时设为庆祝大会的主席台。陕甘边区工农兵代表大会在关帝庙召开，门楣上"陕甘边区苏维埃政府旧址"牌匾是习仲勋亲笔题写的。

在学习参观的过程中，我特意对南梁的革命史在时间上做了整理：1929 年，刘志丹、谢子长、习仲勋等同志到陕甘边一带宣传革命真理，开展武装斗争。先后组建中国工农红军陕甘游击队、中国工农红军第二十六军。1934 年年初，在南梁附近的四合台选举成立了陕甘边区革命委员会。同年 11 月，在南梁荔园堡召开工农兵代表大会，成立了陕甘边区苏维埃政府和革命军事委员会。

我们也更深入地了解到南梁革命根据地重要作用：它是在远离党中央、远离革命中心的情况下创建的苏维埃政府，是在南方各个革命根据地相继沦陷，党中央和各路红军被迫实行战略转移时，中国共产党唯一保存完整的一块根据地。它是第二次国内革命战争后，我党硕果仅存的一块革命根据地。它的存在为长征中的党中央和各路红军提供了落脚点，为八路军北上抗日提供了出发点，为全国革命胜利做出了卓越的贡献。

由此可见，南梁是西北高原的红色热土，是中国革命的历史重镇。这里曾为共产党人储存了星星之火，照亮了中国革命走向胜利的道路，这里曾为共和国的诞生创造过历史性的辉煌。硝烟已去，尘埃落定，革命前辈在这里留下了永恒宝贵的精神财富和用鲜血铸革命前辈在这里就的红色印记。

第四站是吴起。在这期间车程较长，虽车子险些陷进泥里，但一路花草芬芳、绿树成荫，清新的空气，开阔的原野，偶尔还能看见蹦跳的野兔和山鸡。我想，当年这里一定交通不便、路途崎岖、荒蛮寂静，或许还有狼豹出没，可这与先辈的革命事迹相比，就显得微不足道了。因吴起是长征的终点站，上段车程听了同行人的党史讲解，这段车程又有几位年轻的作家放开歌喉，唱起了《到吴起镇》，许是触动到了大家，一唱而不可收，车厢里红歌阵阵、此起彼伏。到了吴起，天气放晴，阳光普照，仿佛在迎接我们的到来。

吴起革命旧址位于延安市吴起县县城内。1935年10月19日，中共中央率领中央红军经过二万五千里长征到达吴起镇，在吴起县胜利山彻底击退了国民党追兵，与陕北红军胜利会师。我们参观了吴起革命旧址，旧址分为南、北两院，南院为毛泽东旧居。两院之间，由石砌通道相连。著名的吴起镇"切尾巴"战役是中央红军长征的最后一场战役，俘敌六七百人，缴获战马1000余匹。

第五站是梁家河。当年习近平总书记当知青下乡，在这个小小山村一待就是七年。在这里他与村民同吃同住同劳动，想方设法帮村民致富过上好日子。在简陋的窑洞里，一天劳作回来还要动手做饭。我们看见了窗花、毛驴、红枣、小米，参观了土窑洞、合作社、铁匠铺、电钢磨、织布机。习近平总书记的很多事迹震撼人心、感人肺腑，有几位作家感动得潸然泪下。

此次红色之旅，真是一次心灵的震撼之旅，它让我对陕甘边革命根据地有了系统的认识和深入的了解。作为一个生活在和平年代、自认为还比较幸福的人而言，我很想用一些完全发乎内心的文字表达我的感想：我们可以不伟大，但我们不能缺失良心；我们可以不美丽，但我们不能缺失责任；我们可以不聪明，但我们不能缺失记忆。

一路走来，我们更加真切地领悟前辈是如何一步步取得革命胜利的，他们为中华民族的伟大复兴付出了怎样的代价，做出了多么巨大的贡献。更深刻地理解了党为什么能够从小到大、从弱变强，深切感受到老一辈党的领导者有着怎样的革命情怀和崇高的风范，现在这样强大的中国，在当年是如何艰难地挺过来的。我们同行二十几人，无一不感动着、铭记着、思考着。感动的同时，没有经历过战争、贫困的我们也思索着，是什么让他们在那样恶劣的环境下，依然能以难以想象的毅力坚持下来，或是以无与伦比的勇气视死如归？我想，也许答案就是：信仰。正是有了这种信仰，使得最平凡的人也拥有了难以置信的力量，从而将中国革命的星星之火燃烧到了整个中国大地。我忽然意识到：只要心中坚持一份信仰，所有的艰难困苦都将成为坦途。

但是，在国家日益走向繁荣富强的今天，我们却看到，曾经在一代又一代人内心中无比坚定的信仰，在如今一些人心中开始动摇，甚至消失。国内外五花八门的思想正激荡与冲击着我们的思想，有的在权力的蛊惑中脱离群众，有的在物质的诱惑下迷失自我。一个没有信仰的人，就如同没有灵魂。处在如今的安定社会，一些人面临一点儿困难和阻力就盲目了，或浅尝辄止，或消极懈怠，或经不住诱惑自甘堕落。有人问："应该做一个什么样的人？""怎样对待生活？"发出这样的问题，我想，你就应该走出去，去找找你的思想和信仰，去看看红色革命。当然，也有一些人无病呻吟，一些人彷徨苦闷，一些人自轻自贱，一些人颓废消沉，感觉真是自欺欺人、庸人自扰、浪费生命。在这个时代，你不一定要持枪上战场，你的武器也不一定是枪弹，你的武器可以是知识、信仰和坚强的意志。如果你是一盏灯，这灯的用处便是照亮那黑暗。如果你是海潮，便要掀起波涛去洗涤一切陈腐的脏污。

这次重温红色经典，大家对革命先烈为了新中国英勇斗争的精神由衷地钦佩和感到自豪。每一个人在追寻红色的记忆中都深受教育、备受鼓舞、有所触动。老一辈党的领导者是不知道灰心与绝望的，任何打击都不能击破他们的意志，只有死神能强迫他们闭上眼睛。老一辈党的领导者是不知道畏缩的，他们的脚步坚定，他们看准目标，便一直向前走去。他们不怕摔倒，没有任何障碍能使他们改变目标，假象也不能迷住他们的眼睛，他们能够忍受一切艰难、痛苦。这样的胸襟、这样的胆识、这样的气度，谁有？这样的风骨、这样的气节、这样的担当、这样的肝胆，谁有？至此，微信上的什么心灵鸡汤，都见鬼去吧，没必要；网络上夸大其词的负面新闻，都见鬼去吧，不相信。我们向往阳光，追求健康，热爱祖国，热爱家乡。追古思今，那一段艰苦卓绝的年代永远地载入了史册，但我们不能忘记那段岁月和那段历史，因为那是我们民族的丰碑，是我们党的精神之魂。

最后，感谢市文联，给了我们一次追寻记忆、擦亮眼睛、洗涤灵魂的机会，给了我们一次与知名作家交流探讨、增长知识的平台。这次采风真正给大家上了一堂生动的党课，我们感触很深，收获颇丰，文联真是名副其实的文艺工作者之家。

宜君核桃与诗词

　　最近参加了宜君县作家协会、诗词协会组织的一次以核桃为主题的诗词大赛评选活动，我感受颇多。这次活动经过征稿、收集、整理、评选等环节，评选出了大量优秀作品，很成功，也很有意义。同时，我有幸与很多诗友共聚一堂，甚是高兴。我们以宜君特产核桃为主角、以诗词的名义相聚、聆听诗词的声音、感受核桃的美丽，寻找诗词的灵性、感受核桃的意味，这是诗人的盛会，也是核桃的邀请！

　　诗词是时代发展的产物，根植于中华大地的诗词，以简洁、明了的文字组合浓缩情感，表现出多彩的世界和深邃的意境，给人以唯美的享受。诗人对人类的博爱，对时代命运的关怀，使诗词充盈着智慧和热情，彰显出无穷的魅力。我也是一个喜欢诗的人，喜欢读诗、背诗，偶尔也写点儿诗。古代诗人的作品，如宋代苏轼的《行香子·秋兴》《江城子·密州出猎》《水调歌头·明月几时有》《念奴娇·赤壁怀古》等，读后让人钦佩作者的才高八斗、胆气过人、见识广博、笔力扛鼎，还有李清照、杜甫、李白、李煜等人的诗词，读来是一种精神享受。再如近代毛泽东的《沁园春·雪》《沁园春·长沙》《七律·长征》《清平乐·大盘山》等诗词，汪洋恣肆、明白畅达、大气磅礴、志存高远。现代诗如戴望舒的《雨巷》、徐志摩的《再别康桥》，都是很婉约的美文。当然，古体诗有很多规矩，比如平仄、韵律、意境等等，讲究很多。诗词是一种很美的文学体裁，可以陶冶性情，沈泽宜先生说过："诗从内部让人变得善良、高尚、宽宏大量。"作为一种精神产品，它如同一道清新纯洁之光，净化和强健着我们的灵魂，让卑微者抬起头来，高贵者俯首自省；让怯懦者无畏，柔弱者坚强，萎靡者振奋；让颠倒迷乱的人际关系变得和谐、简单、明亮。这是诗教的作用，也是人类永远需要诗词的理由。

这次的诗词大赛以核桃为主题，也许你有所不知，宜君核桃"在实为美果，论材又良木"，果大皮薄、仁脆而甜，味香而浓、色亮而有泽，含油量高，富含多种维生素，品质好，"颗颗肉满口香酥"。还可增补气血、湿润肺肾、定喘化痰等。有道是："核桃味甘性平和，补肾养血还定喘，益智乌发润肤美，气虚痰多可改善。"宜君核桃栽植历史悠久、面积大、产量高，早在明末清初就有天然和人工栽植的核桃林。中华人民共和国成立后，在党和政府的大力倡导下，经过几十年的发展，全县核桃种植面积已经达到近 40 万亩，核桃已成为宜君西部山区农民的绿色银行和钱袋子，核桃收入已占农民人均纯收入的半壁江山；核桃已变成农民脱贫致富的"金蛋蛋"，成为全县农民增收的重要支柱产业。正所谓："农民称作摇钱树，金果飘香在五湖。驰名中外誉满城，市面琳琅如珍珠。"我认为核桃也是我们的精神符号，是大自然赐予宜君的礼物。宜君因核桃而名扬，核桃因宜君而越长越美。从昔日养在深闺人未识，到今天一朝出阁天下闻，离不开宣传，靠的是实干。宜君人热爱核桃，爱得情真意切、爱得魂牵梦绕，便情不自禁要赞美核桃、咏叹核桃，便有了墨笔下、镜头里、歌声中、剪刀下、画笔下的核桃，核桃便成为宜君地域文化和文学作品中的一道独特亮丽的风景，彰显了千百年来宜君人民对美好事物的赞美，对美好生活的向往，对健康长寿的追求。人们赋予了核桃许多美好的寓意，也孕育了宜君深厚的核桃文化。宜君是核桃的故乡，宜君的民间有关核桃的谚语、传说、寓言等都值得我们挖掘、记录、传承。核桃与宜君的故事，有声有色，如诗如歌，可期可待，我们有理由为核桃而欢呼，为核桃而歌唱。这次以核桃为背景的诗词大赛，是一项有益的活动，一个大胆的尝试，一次成功的策划。各位诗人情系宜君，不辞辛苦耕耘，种下一茬茬才情，收获一颗颗果实，为以宜君核桃为主题创作诗词做了一次精彩的展示，彰显了宜君深厚的文化底蕴和自觉的历史传承，表现了宜君壮美的自然景观和丰富的生活意蕴。沿着精炼文字铺筑的诗行，我们进入了一个美妙的世界，体验着人文情怀，感受着大自然的力量，触摸着诗章激越跳动的心。诗友们的作品犹如一阵清风拂面，为生机勃发的宜君描绘出一幅婀娜多姿的核桃发展画卷。

　　诗词是宜君文化的需要，宜君文化厚重、文脉恒昌，具有悠久的历史文化、发达的乡土文化、影响深远的民间文化和震撼人心的剪纸文化等，加上宜君天然优美的自然环境、绿色有机的生态环境、和谐向上的人文环境，这里有金灿灿的玉米、圆鼓鼓的核桃和水灵灵的大苹果，使这里具有丰厚的创作土壤，拥有广泛的诗词基础。诗友们乘势而上、顺势而为，走向乡间地头，走进农民中间，从实践中汲取营养，从生活中获取力量，创作出文化素养和专业水平较高的诗词作品。他们写生活、扬正气，上质量、出精品，以诗词凝心、化人、铸魂，用诗词这一独特的载体，推介宜君，提神鼓劲，凝心聚智，助推发展，这也是诗人和诗词应该担当的使命。近几年，宜君诗坛的日益兴盛很让人兴奋，特别是一些农民诗人，扎根农村、扎根沃土、扎根群众之中，写出了许多充满乡土气息的诗作，给宜君诗坛注入一股清风。

诗意的宜君需要诗词，宜君的核桃成就诗词，宜君的核桃造就了诗人。孔子说："不学诗，无以言。"在孔子看来，诗可以启迪心智、感发意志，可以提升眼力、博观事理，可以交流情感、直抒胸怀。几千年过去了，一代又一代人创作出了大量脍炙人口的精彩诗篇，在记载历史、传承文化、启迪思想、陶冶情操、交流情感、享受艺术、丰富人们的精神世界、提升凝聚力、推动社会文明进步等方面发挥了重要作用。一座城，一旦与诗词结缘，这座城将注定绽放光芒。我们还将不断地探索学习，用一颗痴心，一路追求下去！

人间烟火

宜君，这个连接关中和陕北，地处黄土高原与关中平原交界处的小小山城，是我可爱的家乡，生长于斯、工作于斯的我，吮吸着这里甘甜的泉水，相伴着这里素朴的人们，不知不觉，几度春秋。

宜君，干净且安静，四季分明，最好的是夏季，漫山遍野的绿，绿得此起彼伏，绿得浩浩荡荡；四面八方的风，吹得凉凉快快，吹得舒舒坦坦！没有繁华，却山水相依、林木郁葱；没有喧闹，也其乐融融、趣意盎然。这里是天然的大氧吧，人们在花草芬芳、柴米油盐中舒心惬意地过着滋润的日子。

弹指之间，一年又匆匆走到尾声。暖冬的宜君，随着人们采办年货的繁忙脚步，年的味道，浓了。许是大自然对人类不爱护环境的惩罚，今年的空气异常干燥，年三十了，老天依旧没降下一片雪花，难道注定是一个无雪的冬天？宜君以农业为主，这般天气，明年的收成成了问题。

一团火种被风吹起，飘落到山城一片树林中，火种点燃了树叶，火苗噼里啪啦歌唱着，比年三十的鞭炮声还响亮，树林在挥洒野性的瑟瑟寒风中呼呼地着了火。这让人们沉重的心情雪上加霜。

林场负责人已经带领值班人员第一时间赶赴现场，场长的新衣服上出现道道划痕，他刚从回安徽老家的途中急速折返；

一位村民，手指上还有未干的糨糊，来之前他正在贴对联；一位女村民，显得有点儿虚弱，因为她刚做完手术，尚未痊愈；全村三十余人赶了过来，邻村四十多人赶了过来。群众、消防队、武警，以及各级领导，各方力量源源不断地汇聚在一起，百余人的队伍瞬间组成，有条不紊、井然有序。所有这些只是一种行动的必然、责任的使然，一切显得那么自然而然，稀松平常，合理妥当。

大家分成几个小组，有分有合，有张有弛，用各种办法来扑灭大火。汇报、命令，不绝于耳，在山间回响。经过一夜奋战，人们眼睛熬红了、嗓子喊哑了、力气用尽了，终于，燃烧着的火，力量渐弱，终于向这个世界投下无奈的绝望的一瞥，熄灭了。

这里没有干群之分，只有凝聚之力。正装的、军装的、便装的，男的、女的、老的、少的，连成一片，大家心往一处想、劲往一处使，发出了胜利的欢呼。队员们流汗出力、气喘吁吁，脸上、鼻子里都是黑灰，个个都熏成了憨态可掬的"黑包公"。部分队员留下继续坚守，严防死灰复燃！

夜晚的山林，冷飕飕的寒风阵阵袭来，守夜的队员没有丝毫懈怠，一遍又一遍，一处又一处，在山间仔细巡逻。深夜静悄悄，皎洁的月色下，队员的脸清一色灰黑，呼出的白气，在胡子、眉毛上凝成了白霜。

不知道谁的肚子"咕咕"地发出了抗议的叫声，疲惫和饥渴涌向全身。巡逻的间隙，才感到浑身的酸困，是啊，都忘记了饥饿和疲劳。吃的送来了，喝的送来了，大家吃着硬硬的馒头，喝着冰冰的矿泉水，啃着凉凉的火腿肠，互相说着笑着，谈着逗着，感觉好香、好甜！你似乎感受不到他们的食物有多么冰冷，感受到的只是一支队伍的乐观向上，一个群体的坚强意志。

大年初一早晨，新年第一天的阳光分外明媚耀眼，多名群众又赶上山，要求和队员一起坚守，这亦是群众自发的心声！

一位村民拿出自家小卖部仅有的五箱矿泉水，送向山顶；一位村民拎着热水瓶、方便面上了山。张家送几个馍、李家提几块肉；你家送几块豆腐、他家添几根香肠，果果、年糕应有尽有，都被送上了山。上山一趟要走一个多小时，村民头上冒着热气，来不及喘气，把吃的分发到大家手里……一位队员说："真幸福啊，大妈大叔准备过年的好吃的都让我们吃了！"

在马年新春的第一个清晨，守护山林的队员们就着香喷喷的肉菜，吃着百家饭，感受着来自群众的关怀……眼睛里涩涩的，心里暖暖的。火，是危险的，它给人们带去了孤独，带去了伤心，带去了痛苦；火，又是神圣的，它给人们带来了温暖，带来了光明，带来了希望！

这样的场景许是在电视或电影里见过，今天却身临其境，地感受了一次，宜君人身上的宽以待人、豁达真纯、团结和谐，一览无余地流露出来，让人激情澎湃，让人酸酸甜甜。生活在这方山水的他们，或许不知道焦裕禄和孔繁森有多么高尚无私，却可以同焦裕禄和孔繁森那样以平凡的坦诚之心和毫无保留的付出，以完全彻底的实际行动，诠释心底的善良和做人的秉性。无论干部、无论群众、无论平时、无论节日，没有娇柔，没有抱怨，没有牢骚，从开始到结束，从忙碌到疲惫，从饥饿到寒冷，以自己最直白、最简单、最纯粹的举动，表达出自己的真实和坦荡。送饭，急急匆匆，上山又下山；灭火，同心协力，干群齐动员；坚守，认认真真，恪尽职守。

这样普普通通的他们，这样且行且歌的他们，那种真挚的朴素感谢，那种坚忍的吃苦耐劳精神，如同这里的山，高大挺拔；如同这里的风，轰轰烈烈。我无语，心底只有说不出的骄傲和自豪，心中稳稳地相信，虽经历了风雨，但风雨过后是彩虹！

这等大气的风范，这等强大的聚合力，将在创造真善美中得到永恒，在缔造宜君梦中闪耀升腾！

此时，山城宜君的广大群众正沉浸在一片祥和喜庆的节日氛围之中，仿佛一切从未发生。

所有事宜就绪，抑制住心中由衷地感叹和激动，我也加快了回家的脚步。翘首期盼我归来的家人，相信他们懂我理解我，也会被感染被感动。一朵晶莹的雪花飘落下来，下雪了，看来还是一场满满的雪，实现梦想就在眼前，来年的绿色将铺遍山城。我似乎读懂了宜君的山水，读懂了宜君的人们。笔端至此，用什么做题目呢？人们常用不食人间烟火比喻不同凡俗，但我要说人间烟火最美！

一树繁花开山城

　　胡老先生年近80岁，脸上的皱纹像田里的一条条沟壑，每一条都充满了深沉和艰辛。他第一次来我办公室，怀里抱着一尺多高的手稿，见我就说这是他多年的心血，由于年纪大了，不会用电脑、眼花手笨、行走不便，这些手稿都是他一笔一画、一字一句写下来的。

　　这次，胡老先生佝偻着身体又来了，进门就斩钉截铁、不留余地地要我为他的书作序。近半年来，他是文联的常客，虽然他的年纪比我父亲还大，但因为文学，我们就有了很多共同的话题，从文字到文学，从段落到章节，从板块到成书。人们常说，六十年一甲子一轮回，但早已年过花甲的胡老并没有因为我的年龄而看轻我，我们相谈甚欢。他是一位彻底纯粹的文字工作者，一辈子痴迷文学。被他这份精神感动，我迟迟不敢动笔，怕自己的语言苍白了他的灵性，怕自己的文字黯淡了他的睿智。但职之所在、责之所使，世道人心、情不可却，我又鼓起勇气，拿起笔。

　　习近平总书记特别重视文艺工作，文艺的春天开辟了新时代文学的土壤；火热的生活，培育了新时代艺术家的气质。今年4月份，胡老的正式书稿出来了，400多页，30多万字，内容涉及宜君的历史、政治、军事、经济、文化、民俗等，体裁有小说、散文、诗歌、杂文等。我细细欣赏，这本《宜君记事》像是一树盛开的繁花，灼灼地开在山城的春天，开在明媚的天地间，开在岁月的枝头，摇曳着生命的清香。悄然无息的清香让我有些醉了，凑近它，静静聆听它的心声，和它一起感受时光，感受流年，感受宜君的民俗文化、历史沧桑。

"黄河落天走东海，万里写入胸怀间。"一本文集，一生心血，我在这密密麻麻的字里行间感知生命的博大，多少诗篇在岁月里不朽，多少文章随时光化成了永恒。人生朝露，壮志未酬；耄耋之年；鞠躬尽瘁。如果没有老先生日复一日的坚持书写，如果没有老先生来来回回的执着念想，哪来一树繁花？人生有多少事没来得及做就成了永远的遗憾，又有多少执着，可以守得云开雾散，可以守得尘埃落定。

天涯很远，但只要心中有梦，有珍惜，你想要的就永远不会遥远，它在你追寻的脚步里微笑。《宜君记事》反映时代印记，倾吐群众心声，讲宜君故事，为家乡而歌！尘世纷杂，用心收藏，让它沉淀成生命里永远的芳香。

夕阳斜斜地挂在天边，余晖染红了天边的云彩。一树繁花在路边彰显着自己的美丽，有声有色、有滋有味地诉说着往事。我们总在不经意间就老了，那些意气风发的岁月转眼都变成了回忆，时间的沙漏带走了青春和韶华。但是，这样一本书，这样一部文集，却留下了一份记忆，记录着过往！

春阳下一切都在蓬勃向上，生命的力量无穷无尽。在忙忙碌碌的前行中，向笔耕不辍、默默无闻的文学文字工作者致以深深谢意和崇高敬意，衷心祝愿宜君文坛新秀不断涌现，文学之树常青，祝愿宜君明天更美好。"今人不见古时月，今月曾经照古人。"任何时候，请别忘了我们的初心，别忘了那一份感动和美好，别忘了我们一生的追寻。

最后，我亦自知诠才末学，无以塞责，寥寥数语难以表达胡老先生的赤胆忠心、一生夙愿，不揣冒昧之处，诚请各位贻笑大方、不吝赐教。

山城花如海

战国魏长城　且在时光中

　　从远古蛮荒的山峁边缘，宜君战国魏长城穿过 2300 多年的岁月，在这个树木葱茏的日子，摇一叶兰舟，乘一路绿风，溯流而来。长城，中华民族的文化根脉和精神家园，是镌刻在大地上的历史记忆，是支撑在人们心中的民族图腾。保护，刻不容缓；传承，使命担当。宜君战国魏长城遗址是中国早期长城重要的组成部分，其建筑年代虽久远，但保存基本完整，为研究中国长城的分布提供了宝贵的实物资料，完善了中国长城的建造历史，吸引了国内外学术界的关注，被国务院公布为全国重点保护单位。

岁月永恒的坚守

　　千年古县宜君，北魏时期建县，地处雄关要隘，自秦汉以来始终是拱卫长安的"北门管钥"。南宋著名诗人陆游有诗云："长城高际天，三十万人守。一日诏书来，扶苏先授首。"清顺治本、雍正本《宜君县志》也都有"烽火原中夜月明"的历史记载，说明战国魏长城由来已久，早已扎根于宜君人民心中。

　　它穿越浮世的繁华，坚如磐石一般，横卧群山之巅。宜君战国魏长城总长 9594.5 米，现残存 2993.5 米，呈东北—西南走向，夯土筑成。遗址由 6 段城墙遗址、9 处烽火台遗址、1 处城址遗址组成。站在 6 号墩台遗址，你可以窥见昔日的脉络，可以想象兵革铁马、几多悲喜。从 2014 年开始，我们将长城文化遗产作为地理名片倍加呵护，认真贯彻落实习近平总书记"各级党委和政府要增强对历史文物的敬畏之心，树立保护文物也是政绩的科学理念"的指示，科学编制规划，加强基础保护。中国文物保护基金会、中国长城学会，以及国家、省、市专家闻讯纷沓而至，针对这一宝贵世界文化遗产，细心考察、多方论证、互相交流、激烈探讨，成功举办了"中国宜君战国魏长城学术研讨会"，并成立了"中国长城文化研究中心宜君魏长城研究基地"和"宜君长城研究与保护中心"。长城野外调查、遗址基础保护、项目研究申报、保护规划编制等工作相继开展、如火如荼。目前，已有 4 个项目获国家文物局批复，陕西省文物考古工程学会长城专业委员会也在我县挂牌成立。宜君战国魏长城遗址，在一步步的探索中揭开了神秘的面纱。

老一辈领导人"爱我中华，修我长城"的题词，感召了多少海内外赤子。我们追昔抚今，保护长城，亦是对历史负责、对人民负责。如今，在山城宜君，人人争当长城义不容辞的宣传者，争当长城责无旁贷的忠诚保护者。人们自觉自愿保护长城，怀揣梦想游览长城，带着敬畏之心探讨长城，万千思绪描绘长城。山影重重、缥缈虚幻、深谷幽幽、烟锁雾绕。苍穹之上，流云飞逝。唯有长城，依然坚守。

品读古老的故事

认知长城，感受灵魂；倾听故事，护我长城。按照习近平总书记"让……陈列在广阔大地上的遗产……都活起来"的要求，我们大力挖掘长城文化，用心讲好长城故事。长城是名片是文化，是优势，是课题。"宜君战国魏长城保护万人签名"活动和长城保护知识进农村、进社区、进机关、进校园、进企业的"五进"活动开展得有滋有味、有声有色。《长城——中国故事》《远方的家——长城内外》在中央电视台播出了；国内其他媒体也来了，对我县长城保护工作进行了详细的专题报道。

先民们在宜君这片热土上繁衍生息，留下了无数文化遗产。南入宜君大门，有雄关天堑六郎关姿态昂扬；经过哭泉镇，有孟姜女的传说感天动地，相伴中国最美旱作梯田"上帝的指纹"；福地湖依偎在县城东部，水光潋滟，灵动深邃，获得了陕西十大湖之一的美称；县城西边，千年婆罗树紧邻玉华宫，思索玄奘的修身诵经；县城东南不远处，探幽鬼谷子云梦仙境，里面装满神奇的故事，处处弥漫英雄的气息；与彭祖谋面、找嫘祖谈心、聆听养生意义、领略黄帝文化。县城往北，宜君战国魏长城矗立于起伏的山岭中，讲述着古老的故事，它经历过太多暴风雨的洗礼，它接受过太多硝烟战火的考验。当年，这里发生了五次激烈的河西之战，断壁残垣记述着一幕幕曾经震天动地的悲壮，写满了勇敢、血泪、善良、智慧……极目四望，似乎看到了几千年的中华文明历史，看到了中华民族黄金般厚重的色泽，看到了丰富的中华文化内涵，看到了中华优秀的思想精华，看到了爱国主义的民族精神，看到了改革创新的时代精神。断裂的夯土，是结晶是象征，它述说着古代宜君劳动人民在这里付出的勤劳和汗水，倾诉着代代宜君儿女坚韧不拔、顽强不屈的精神，它是历史永恒的证人。

春风十里不如你

魏长城不仅赋予了宜君深厚的文化积淀和独特的历史风貌，还是旅游业和文化产业发展的重要依托。"合理利用长城资源，发展旅游产业惠民"是发展县域经济总体规划的重要部分，长城遗址保护管理任务明确、展示利用指标充分、监测预警准确无误、建设控制统筹协调，长城遗产保护事业沿着我县旅游、经济和社会效益"三效"统一的道路阔步前行。

沿着 210 国道驱车一路北上，穿过县城 10 余公里，路过一座座延绵起伏的山峦、一栋栋错落有致的民宅，行至宜君与黄陵的交界处，便到达了彭镇偏桥村这是个以长城为背景的村庄。在这里，我们依稀可辨长城文化的筋骨脉象、千年历史的别样风貌和古阳城驿的前世今生。位于偏桥村的魏长城 6 号墩台遗址，依然雄伟而立，依然静肃守望，永远定格在硬朗的群山之上。这是最大的保存完好的墩台，这座墩台突兀地盘踞在一片辽阔的山巅空地上，正正方方，进可攻，退可守，固若金汤。墩台里面有地道、有岗哨，还有放置油灯的凹槽，墩台里还有蜿蜒曲折的小路，从墩台下方一直延伸到岗哨。站在高高的岗哨上，举目四望、一览无余，既可享受环顾群峰、千山如海的乐趣，又可感受"会当凌绝顶、一览众山小"的豪迈。穿时光隧道，观历史风云，似乎看到沙场点兵、刀光剑影，似乎听到马蹄声、角鼓雷鸣，尽情感受古长城的风韵，岁月沉淀的轮廓在眼前更加清晰。这里宁静、开阔，很坦荡、有能量，可与你弹一曲高山流水、赋一阕地老天荒，庄子的"天人合一"，也许并不深奥。

偏桥村已成为以生态民俗、休闲农业为特色的古长城文化自然生态旅游村。村庄道路绿树成荫，排水渠整齐干净，路灯如士兵排列，巷道硬化完善健全，标识标牌设置一目了然。我们通过合理利用长城资源，开发发展旅游产业，让长城脚下的群众全民参与、成果共享。通过文化遗产保护、入股分红、经营带动、岗位带动和产业带动，让偏桥村的群众增强了自豪感，增加了收入，得到了实惠。

宜君战国魏长城遗址，以其独特的魅力，吸引着各地游客来这里一睹风采，体验长城的文化和积淀，享受农家的环境和美味，感受民风的自然和淳朴。纵使春风十里，也不抵此情此景带给你的静思和快慰。斗转星移，光阴流转，战国魏长城，即使它被一些人忘记，也无法抹去它的痕迹，人们为它背负的历史而动情，被它凄凉的美所震撼，并因为这种情怀而奋斗。因为这种奋斗，所以有憧憬，所以有希望。

探寻历史文脉　研学经典文化

文艺采风、文艺交流是文联工作的一项重要职责。读万卷书，行万里路，最近我县文联召开工作会议，六个协会的主席、副主席强烈建议并共同决定举办"探寻历史文脉、研学经典文化"文艺采风交流活动，主要是以采风的名义，探寻文化的脉搏，感受经典的魅力。

文化在于交流。我们此次的采风路线是跨市县交流，从宜君出发，前往延安鲁艺纪念馆，聆听那清晰而遥远的回音；去清涧人生之路影视城，感悟小说里那些伤感落寞和真实平淡；瞻仰路遥纪念馆，感受那个时代的文化先锋；参观榆林市榆阳区"六馆一中心"，学习其先进经验和方法。这将是一次思想的碰撞和升华，是一次心灵的触动。

秋天的景色非常迷人，天很高、云很白，空气很通透，在这个美丽的季节，在这个秋高气爽、风轻云淡的日子里，我们一路北上一路欢歌，一路同行一同学习。通过三天的采风，每一个参观地点都让我们感触颇深，每一次探讨交流都让我们学到了知识。通过这次活动，我们在学好学深悟透的同时增加了大家的向心力凝聚力战斗力，这是一次很美的相遇，获得了最大的收获。

在延安市参观延安文艺纪念馆时，从一幕幕火热的红色场景中，了解了从抗日战争时期到解放战争时期众多文艺工作者对革命事业做出的巨大贡献和文艺发展的历史进程，令人心潮澎湃、热血沸腾；在榆林市榆阳区参观陕北民歌博物馆时，惊叹于用声音为载体的博物馆给人以视觉和听觉的极大震撼。随后，又参观了由陕北民俗博物馆、古代碑刻艺术博物馆、陕北红色藏品陈列馆、古丝绸之路脱模艺术馆、"走出家乡的榆林人"展览馆、中国算盘博物馆和榆阳区文化艺术中心组成的大型文化街区——夫子庙，重温陕北数千年来的记忆，倾听每件藏品背后的榆林故事；在参观麻黄梁黄土地质公园时，感受到了"世界治沙看中国，中国治沙看榆林"的成功经验和成果；在路遥故里清涧县参观路遥书苑和纪念馆时，直观领略到路遥一生不平凡的创作历程，真切地感受到他"像牛一样劳动，像土地一样奉献"的创作精神及其作品的艺术魅力，随后又前往路遥作品《人生》的拍摄基地，真实体验了剧作中的场景，身临其境、感人至深。整个学习交流过程中，大家追寻红色革命文化的起源、感受陕北人文历史的风情、研学路遥平凡世界的人生经典，惊叹黄土地变绿洲的奇迹，感悟颇深、受益匪浅。

此行，宜君县文联与榆林市榆阳区、清涧县文联紧密联系，了解到榆阳区、清涧县分别创办有杂志《红石峡》和《清涧河》，我们就办刊理念和经验进行了深度交流，并向两地赠送了《宜君》季刊，同时提供了宜君特色剪纸、农民画作品，用于举办交流展览。此次采风之行搭建了与两地文联在文学、艺术领域互相学习交流的桥梁，为进一步开展深层次、高水平交流与合作奠定了坚实的基础。此次活动的举办，使我县骨干文艺家从陕北高原的历史和文化、人文和民俗中汲取营养，丰富思想，发现素材，激发动力；从行动到心灵，从思想到实践都有了进一步的提升。采风结束后，大家根据采风的任务要求，积极开展文艺创作，完成采风创作作品近 230 余件，其中文学作品 20

余篇、摄影作品 200 余件、书画作品 10 余幅、曲艺作品等 5 部、调研报告 1 篇,均在各级媒体发表,可以说是硕果累累,成果丰硕。

此次采风活动的几个代表性地点,让我有很多心得感想:

始终以积极的态度,学习思索探求。在路遥纪念馆里,回望他的生命历程,其中的纠缠、矛盾、痛苦、信念、执着、坚守,其复杂丰富的思想艺术,使得他的文学创作在中国文学史上具有重要影响。从事创作是一个非常苦闷的差事,创作者既有看到希望曙光的兴奋,也有前路茫茫的困惑,只要一直追寻前行的道路,在漫长的求索中,就能通过文艺为群众的精神提供光的明亮、火的热情。

坚定党的理想信念,从不停歇地追求目标。榆阳区夫子庙的"六馆一中心",尤其是对民俗的收集整理,其繁其杂,其信息量之大,令人叹为观止,其中的辛劳不言而喻,但是只要心中有不变的信念,为之付出,甚至不惜牺牲,坚持到底,将这项工作做到如此丰富如此细致,从而达到传承和弘扬的目标。虽然它的经济效益很微薄,甚至没有收益,但却得到了群众的一致称赞。我将在采风中深深感知到民俗文化的瀚海之深。这是一项历史性工程,不仅要亲自感受,收获素材,还要做好案头工作,了解相关文化政策,熟悉有关知识,从而提升思想文化内涵。我深刻认识到,只要永存理想信念,坚定追求目标,一定会得到群众的认可和尊敬。

用文艺方式创新创造,书写群众生产生活。陕北民歌博物馆,是目前国内最大的民歌博物馆,收录了陕北几十种民间歌曲。生活在这块土地上的人们,用歌声激发潜藏在心中的能量,这是一种力的歌、一种情的歌、一种展示百味人生的歌,歌声犹如茫茫的黄土地,圆满、厚重、雄浑。小调、信天游、劳动号子、陕北说书,有喜悦的表达,有愤怒的控诉,有苦难的抒发,有风土人情的展示，有对光明未来的憧憬，有对美好生活的追求。这歌声，坚定、豪迈，飘扬在辽阔空旷的黄土地上。《山丹丹开花红艳艳》将人们带回到那个火热的革命年代，《赶牲灵》以深情悠远的曲调表达了对美好爱情的追求和乐观的生活态度，《五哥放羊》讲述了一对青年恋人曲折动人的爱情故事，《泪蛋蛋抛在沙蒿蒿林》唱出了黄土地上的深情，还有《三十里铺》《脚夫调》《兰花花》，用歌声，用曲调，用文艺的力量，书写了人民群众酸甜苦辣的生活。深入挖掘地域特色文化，成了我下一步工作的新课题。

用心用力热情服务，在发展大局中贡献文艺力量。文艺以其强烈深刻的生命体验产生了巨大的感召力和影响力，延安文艺纪念馆让我驻足良久，陷入深深的思索。习近平总书记强调，我们要"咬定青山不放松，脚踏实地加油干"。在这大好形势下，文艺工作者大有可为，展现可信可爱可敬的具体形象，传播当代中国的价值理念，反映群众共同的价值追求，用优秀的文艺作品展现胸怀大局、自信开放、迎难而上、追求卓越、共创未来的精神风格。以艺通心，凝聚力量。让生动而深刻的文艺篇章，充盈着正直的品格，呼应着共同的理念，用心用情，践之于行，用各种文艺方式全方位展现新时代新气象。我想，这就是新时代文艺工作者的神圣使命。

一次点评

　　某日，我被邀参加一场演讲活动，并任评委。本想打分即可，孰料，还要分析点评，于是乎，清嗓醒神，借听觉之感、凭以往经验，洋洋洒洒、东扯西拉、絮絮叨叨一通。无聊之时，回忆记录下来，权当打发时光，自娱自赏，仅此而已：

　　很高兴参加本次演讲活动，通过认真欣赏十几位选手的精彩表演，我认为今天的活动非常成功，达到了预期效果。首先，主题明确，大家都能够围绕"不忘初心、牢记使命"这个主题，坚守信仰、坚定信念，认识到位、表达深刻。其次，选手们都能够做到语言流畅、吐字清楚，大家言行得体、举止优雅、眼神自信，并且体态、表情十分协调，看着让人舒服。再次，大家基本能够做到情感充沛。总之，大家的演讲具有正能量，真情实感，态度认真。

　　我认为，演讲就是有演也有讲。讲，就是要用诗一般优美的语言表达作者或演讲者的主题或主旨，娓娓道来，抑扬顿挫贯穿始终，把一个个字符变为音符，艺术感染力强。演呢，就是要用适当的肢体语言，与观众进行互动交流。作为评委，既然让我点评，而且是代表评委们点评，那么，我就提出几点建议：一是个别选手舞台经验不足，没有自我介绍环节；二是个别选手演讲的内容不成熟，有点儿生硬，人也有点儿紧张；三是个别选手不够激情昂扬，用心用情用力方面稍欠。

我想，给我一个舞台，我就要让它有声有色、有滋有味。在这个属于自己的舞台上，展示一种情怀和风采，表现一种能力和态度，提升自己的勇气。好的演讲，定会得到大家的认可和肯定，并与大家产生情感的共鸣，达到"听君一席话、胜读十年书"的目的，得到一种激励和鼓舞，从而，感动人心、振奋精神，使人积极向上、努力作为。好的演讲将成为一种力量，成为一种影响力。演讲也是宣传中华优秀传统文化的一种重要形式，作为党员干部和机关干部，要坚定文化自信，大力宣传和发扬中华优秀传统文化。与大家共勉的同时，希望大家珍惜舞台、提高水平，不忘自己的纯真初心和时代使命，历练自己、展示自己，砥砺奋进、再创佳绩。

最后，我认为，演讲是舞台，人生也是舞台。我用自己曾经写过的一首小诗的首段结束本次点评：

每个人都有一片属于自己的云彩

每个人都有一个演绎自己的舞台

只要你的云彩足够美妙

只要你的舞台足够精彩

只要你能够展示自己的美好

只要你能够温暖别人的心怀

那么

你人生的舞台便有祥云缭绕、霓光闪耀

你人生的舞台便会好戏连连、绚烂多彩

在自己的世界里芬芳

　　知道冯新明这个人是从一篇文章开始的。平时，我就很关注擅长书写文字的人。他的一篇文章，开篇的几句就吸引了我的眼球，一口气读下来，感觉字字珠玑、酣畅淋漓，写满了辛酸、苦涩，但又有睿智幽默、积极乐观。让我没想到的是，这篇文章出自一位农民，并且是一位身有残疾的笔耕者之手。后来，我专门去他家探望，通过进一步了解，决定吸收他为我们作家协会会员。

　　他身体残疾，行动不便，疾病也在一点点吞噬他的肌体，折磨他的精神，你能感受到这个七尺男儿心如莲子，愁似春蚕。他又有坚硬的壳，甘苦自享；有柔韧的茧，冷暖自知。而这些，都是他的笔。他笔下的故事，像是用血泪凝结包裹的宝石，悄然藏到花木掩映的心灵的湖底，藏到任何人、任何岁月都无法触及的地方。

　　那深情的笔尖，习惯了压抑和克制，懂得了曲折和沧桑。一层一层，写满了心灵的悲喜和年华的风霜；一缕一缕，吸纳着清馨的花香和泥土的芬芳。他的文章，穿越层层封锁，透出丝丝幽光。见了他几次，他坐在轮椅上，浅浅地一笑，冲我打个招呼，平静坦荡，不动声色。但他的眼睛里有闪烁的火花，有执着，也有一丝冷漠和怨恨。

　　可以想象他在多少个日日夜夜，静下心来，将自己那份泫然欲泣的感受，规范成得体的文字大大方方写出来，让该沉淀的沉淀，该升华的升华。有多少美丽，刻骨铭心；有多少辛酸，甘之如饴。留一份感动，迎接风侵雨蚀，笑傲辛苦遭逢。几十万的文字，记录了多少感动，毛虫可以羽化，凤凰可以涅槃。虽然，无力的双手抚不平他满身的沧桑，可他的精神家园，青山隐隐，绿水迢迢。赏花龙山下，吟诗洛河边。他在自己的世界，培育着那朵永不凋谢的文字之花。

山清水秀

小城恋

　　春天如约而至，一轮嫩嫩的太阳在头顶上出现了。在一道细细的山梁上，坐落着小城——宜君，生我长我的故乡。春天的小城淋着蒙蒙小雨，像一名羞涩的姑娘，盛满所有的情愫和浪漫。禁不住想起一句诗："东风不来，三月的柳絮不飞，你的心如小小的寂寞的城。"

　　当太阳出来、风和日丽的时候，整座山城沐浴在晨光里，显得格外欣欣向荣，朝气蓬勃。从南山公园眺望小城，一排排楼宇鳞次栉比地矗立在晨曦里。人们或成双成对，或三五一群，意气风发，呼吸着清新的空气出来锻炼了，广场上响起轻柔动听的乐曲，穿着时髦的女人们跳起了欢快的广场舞，每一个人脸上都洋溢着幸福。学生们穿着漂亮的校服，迈着轻快的步伐，脸上满是青春的朝气，成群结队地向学校走去。一切是那么和谐自然、其乐融融。这时，小城显得温柔，好像高贵典雅的少妇，褪去了少女的稚气，也没有上了年纪的烦躁，恰是一种本色。

如有兴趣，不妨踏着单车去郊外咀嚼另一番滋味。"暧暧远人村，依依墟里烟"，老远你会看到八九间小屋，三四个人影。在这个"乱花渐欲迷人眼，浅草才能没马蹄"的季节，还会听到麻雀随意的鸣啾，燕子欢快的呢喃，会看到流淌的小河，河上一层雾气蒙蒙。你停好单车，坐在那棵苍老的树下拿出吉他，信手弹上一曲优美的旋律，看着远远的山峦间挤出的太阳，一个人陶醉在这赏心悦目的景色中。这就是小城的郊外，可以避开尘嚣，让喜忧随天籁走过，滤去残渣，褪尽浅薄，洗尽铅华，这就是小城的郊外，怎一个幽字了得。

楼上眺山，城头看川。但见山川俊秀，气象万千，让人顿生青山行不尽，绿水去何长之感。小城景美人美，人的心灵更美。宜君是一座好人之城，宜君人的朴实厚道秉性天成，古道热肠、乐于助人是久负盛名、随处可感的。宜君人靠自己的汗水、才干和品德，越来越自信，越来越潇洒，也穿上了时尚的服装，住上了高档的房子。而今，宜君人依旧认真淡泊，勤勤恳恳，从从容容。未来宜君的规划很宏伟，宜君的发展更令人心驰神往，满怀憧憬。不久，宜君也要开通高铁了，来宜君旅游观光的人也会越来越多。

小城的容貌令人倾心，郊外的风景令人动情，真诚的人们令人佩服。作为一名宜君人，作为一名宜君的建设者，我要把最美的歌献给你，我要把最醇的酒敬给你，我要把赤诚的心捧给你。在这里，你会目睹闻名天下的姜女泉，你会欣赏到如临仙境的云梦山，你会享受到玉华宫的清凉幽深，你会领略到福地湖的福山福水，你会品尝到"大西北"酒的甘冽醇香，你会感受到彭祖故里的悠久历史。

阳光铺在前行的路上，朋友，快来小城宜君吧，你一定会拥有茶叶一样香的朋友，美酒一样醇的恋人，草莓一样鲜红的事业。在小城宜君，创造事业辉煌，享受人生美景。一切从现在开始，用最美的心情迎接每一天。

千年守候

丰收的原野

　　生活在城市的日子，整天忙碌在高耸的楼宇中、穿行在奔腾的车流中，渐渐地，厌倦了这喧嚣的街道，总感到日子过得有些单调枯燥、沉闷乏味。于是选择了一个寂静的秋日，去追随远山的呼唤。当我带着疲惫、烦躁的心情走出城市，重新走入那广袤的原野中，满眼的庄稼、累累的果实、自在的野草，还有分割原野的一条条阡陌，令我的心一下子踏实了、安静了，仿佛和大自然融在一起了。

　　春华秋实，秋天的原野，是丰收的原野，它不像春天那样生机勃勃，也不像夏天那样郁郁葱葱，它带着几许耕耘几度收获。秋天的原野最令人喜欢，饱满的玉米粒撑开了玉米皮，成熟的高粱就像一片深红色的海洋，近看又像一把把燃烧的火炬，随风摇曳的糜谷像谦逊的智者，低垂下睿智的头颅在沉思，还有像晚霞般弥漫在天边的山楂树，都让我的心里流淌着简单纯粹的快乐。清晨，来到这美丽的原野，迷人的秋色立即展现在面前：凉爽的秋风，微红的枫叶，苍翠的松柏，飞舞的落叶。虽然，枫树还没有显出被秋霜打过的红艳艳的颜色，但它们已跃跃欲试了。树上的枯叶早已不安地扭动着全身，终于落下来了，像飞舞的蝴蝶轻轻地投入了大地母亲的怀抱，化作春泥更护花。秋天的原野就像即将分娩的孕妇，也即将收获幸福和满足，是一年之中最美的时节，一望无际的金色搭配碧蓝的天空，让人顿生"久在樊笼里，复得返自然"之感，使得看惯了鳞次栉比的高楼的双眼突然有点儿无所适从，你会惊奇地发现眼睛原来可以看得这么远。

漫步宜君县城东部塬区，风走遍原野的每一个角落，把丰收的消息告诉每一颗丰硕的果实。果园里硕果累累，一棵棵柿子树像挂上了无数的小灯笼，一片片苹果树远看就像映红了天空的晚霞，而最诱人的是红彤彤的苹果，像小朋友的脸蛋惹人喜爱，苹果的芬芳在透明的光中流荡。宜君的苹果是我吃过最好的苹果，每到苹果成熟的季节，天南地北的客商云集宜君，用一辆辆"康明斯"把宜君的苹果送到北上广，送到东南亚。塬上的人们也因苹果撑鼓了腰包，日子也越来越红火。

来到西部山区，漫山遍野，成片的核桃林。满树的果子，压得树枝笑弯了腰。宜君核桃，历史悠久，在清朝时期就享有盛名。现在，核桃种植更是成为宜君的主导产业，和玉米、苹果并称"宜君三宝"，它们撑鼓了农民的钱袋子，真正成为农民的"金蛋蛋"和"钱串子"。

秋天是一把金贵的钥匙，打开了丰收的大门。秋风吹黄了草地和树叶，吹开了菊花，吹熟了庄稼……秋天给大自然带来了许多珍贵的礼物。田野里一片丰收的景象，成片的大豆摇动着豆荚，发出哗啦啦的声音；挺拔的高粱也扬起黑红黑红的脸庞，像是在乐呵呵地演唱；金黄金黄的玉米像驼背的小老头在秋风中摇来摆去。宜君玉米颇有名声，它生长周期长，产量高，籽粒饱满，色似黄珍珠，含糖量高，品质好，一直以来都是宜君县粮食生产的主导产品。

天那么高，空气那么甜那么鲜，几朵白莲花般的白云飘荡在天空中。天底下是一眼望不到边的玉米地。玉米熟了，金色的浪头涌向无垠的天边，一台台联合收割机驶向田间，有的收玉米棒子，有的将玉米脱成颗粒，主家只需要开着农用车往回拉玉米芯，还有主家干脆就在地里把玉米卖了，票子一点，万事大吉。几十亩地一·两天就"零干"了，再也不用像过去那样，弯腰挥镰，汗流浃背、累死累活地干几十天了。农民真的享受到机械化的好处了。果园里，果农们望着自家的苹果园、核桃林，喜悦之情溢于言表。家家户户在地里忙着摘果子，到市场卖果子，他们争分夺秒，废寝忘食，忙碌着却也快乐着。真是一个火红的秋天，惊喜的秋天，丰收的秋天！

在秋日的原野里，极目望去，你会看到那红枫，你会看到那熟透的沉甸甸的苹果，你还会看到那被晚霞染红的天空，它们红得动人心魄，红得赤诚，它们可以红在你的眼中甚至可以红入你的心里。你会有一丝丝的感动，原来自己的心灵和自然如此贴近，原来自然的心如此明朗且动人，原来收获的感觉是如此满足且快乐。秋天的红，红得不经意，却像是某种人生的必然；秋天的红，红得不娇艳，却像是某种等待了多年的感情。秋天的红是一种生命自然的走向，是一种瓜熟蒂落的感情，是一种经历了人世沧桑后的颜色。秋天的红，红得动人，红得深入人心。

秋天是丰收的季节，也是成熟的季节。秋天是美丽的，秋天把宜君的原野装扮得更美丽，它饱含着人们辛勤的汗水、丰收的喜悦，它孕育了成功的希望！面对丰收的秋景，如画的秋色，我不禁想起了刘禹锡的《秋词》："自古逢秋悲寂寥，我言秋日胜春朝。晴空一鹤排云上，便引诗情到碧霄。"

秋来小城

　　站在露天阳台，一个人静静地，看车水马龙。直至秋风吹来，凉意透心，蓦然发现季节已转变。时间总在不知不觉中流逝，六月、七月、八月，夏天走了，秋天来了。秋天总有一些无名的邂逅，空气中悬浮的凉气沁入内心每一寸思绪。

　　在风吹来的时候，我喜欢站在窗边观望，很欣喜，山城宜君在一场秋雨的洗刷后愈加清晰，愈加明净，高高矮矮的楼房，宽宽窄窄的马路，各色的人流，大小的车子，学校、医院、商场，人们都在有条不紊地进进出出、忙忙碌碌。透亮的空气中似乎在酝酿一种醇香，让你在漫不经心的路过后，在平淡无奇的际遇中，猛然感受到生活的琼浆，品味出一抹淡淡的馨香，以及其中流淌的真情。红尘多烦忧，庙堂之显贵，村野之农夫，都市之商贾，工作之辛劳，家庭之责任，每个人都面临许多烦恼之事，内心或多或少都有些说不出的苦。在这悠闲的小城，你尽可以放松心灵，休憩灵魂。这里没有钢筋丛林的压抑和憋闷，没有大城市的喧嚣与烦躁，没有大都市的繁忙与紧张，在这里目之所及皆舒心，心之所向皆清淡，不由得让你静下心来积蓄能量，陶冶心性。相信在闹哄哄的俗世之外，你也喜欢审视这里的街市和庭院。

　　宜君是一座小城，街边是楼，楼边是路，路边是山，山连着城，城连着山，山与城一直是一幅有景有物的水墨画，给人一种"采菊东篱下，悠然见南山"的感受，你可以眺望蜿蜒起伏的子午岭，可以遥望连绵逶迤的雁门山。宜君的山，连绵起伏，它像母亲温柔的臂膀，环绕拥抱着这座小城，在秋风的拂动下，风轻云淡，城中看山，山头望城，城中有你，你在小城。我曾经用很长的时间来思考，那些被专注地喜欢的，到底是怎样一个东西。想用文字记下这座城的故事和一些恋家情怀，想让指间开出恣意的花朵，弥漫芬芳，泼墨纸上，却被凌乱的思绪所阻拦。夏走了，秋又来了，秋天的宜君，又激起我阵阵思绪，秋天的宜君，像一粒饱满的种子经过春风夏雨的洗礼，在秋日里结出甜美的果实，多彩、静谧。

抬头仰望天空，高远深邃，碧空如洗，你会感受到：有一种蓝叫宜君蓝，宜君的那抹蓝，蓝得醉人，蓝得心动，片片白云在慵懒地漫步，天空幽远而湛蓝，缥缈而梦幻，真实又遥远，美得如此纯粹、如此彻底。当你极目驰骋，眺望远方那一层层山峦和一望无际的密林，生出一种野迥山形秀，天高地迥的寥廓之感。让你的心瞬间张开翅膀，飞翔到那瓦蓝明媚的天空中，飞向那山林的深处，进入一片宁静清幽的境界。徜徉在天蓝地绿的宜君，呼吸着新鲜的空气，顿感心清目明之悦；饱览着变幻莫测的白云，仰望着碧空万里的天宇，此时此刻，斯世足矣。

宜君的秋天，有绝色的红叶，烂漫的金黄，丰收的果实，迷人的原野，也有秋风的缠绵，秋雨的怀旧，收获的喜悦，叶落的深情。秋来小城，享受宜君的秋天，观赏它的五彩斑斓。爱如繁花，只需一眼，便是天涯！君来宜君，宜于君来，便是宜君！在这秋的季节里，穿越时间的隧道，拣拾时光的底片，收获多彩的喜悦，感受浪漫的色调，然后在这秋的时刻把一切播放。

南山晓雾

南山，既不是书上说的南边的山、南屏山，也不是秦岭山的终南山。它是坐落在避暑山城宜君的一座端庄秀丽、脱俗迷人的小山，说是小山，的确很小，面积不足 1 平方千米。它虽然没有泰山之雄、华山之险、黄山之奇，却夏无酷暑、绿荫如盖，称得上是宜君的张家界。黛色如染的南山与山城遥遥相对，信步南山，山城全貌尽收眼底，尤其是南山的晨雾最使人着迷，它凉如丝、白如棉、轻如絮、动如烟，如梦似幻。

南山晓雾是清凉的。在多雾时节，尤其是绿意逼人的夏季，清晨早早起来，推开窗子，氤氲的雾气扑面袭来，感觉凉、润、细、滑，在还没有人声喧哗之前感受这雾的韵味，别是一般滋味。晨雾弥漫于天地之间，像天上垂下来的巨大纱帐，双手似可轻轻捧住，却只是一握清凉，置身于雾中，感觉像走进了白色空灵的仙境，深深吸一口气，一份清新便沁入人的身体，融进血液，游弋全身。据传，当年的养生学家、大寿星彭祖也经常来这里，捋着长长的胡子，踱步雾海，吸氧洗肺。

南山晓雾是秀美的。她似一名温柔的古典少女，漫步于山城之中，小城似隐似现，泉水似凝似流，所有的一切都让人赏心悦目。这时，南山的雾不是那种雾锁山头山锁雾的使人喘不过气来的浓雾，也不是稀疏的让人乏味的薄雾。她有孟姜女的柔美坚韧，她若隐若现、宁静雅致，给人以清新自然的感觉；

她若有若无、洁白亲切，给人以秀美温暖的感觉。

南山晓雾是神秘的。早晨，各种物体沐浴在乳白色的雾气里，到处变得迷蒙一片，整个南山好像披了一层薄薄的白纱，给人一种不识南山真面目的神秘感。四周的青山笼罩在雾气之中，仿佛始终不愿撩起这神秘的面纱，独守一片清静。这里有云梦山的幽深，让人有一些心灵的感悟。在蒙蒙晓雾中，只有静下心来，才不会迷失自己，只有胸怀一颗清澈的心，才能在这晓雾里坦然行走。走在晓雾中，脚步轻轻落下，前方是迷梦一样的世界，身后是走过的足迹，其景其境，如诗如画。

南山晓雾是变幻的。美丽的雾就像南山的儿女，依偎在母亲的怀抱，似有形而又无形，让你不知不觉沉醉在她的变幻之中。雾一会儿分散，一会儿聚拢，一会儿升腾，一会儿游动，变幻莫测，千姿百态，像奔腾的骏马、悠闲的鸟儿、开屏的孔雀、沉睡的灵龟，雾的丰富多彩像鬼谷子的六韬三略变化无穷，给南山增添了巨大魅力。

站在南山，望着美妙的雾，你会感到心灵被净化，雾中的世界空灵莫测，给人期盼与幻想。徜徉在南山晓雾之间，尽情享受这份特殊的清静，享受这雾之清淡，心胸是舒适的，坦荡的，波澜不惊。这雾使人有了淡淡的思绪，安静地思考，静静地读写，就像这座快速发展的优雅小城，不喧哗，不争夺，淡然的心态让人很平静。

雾在山中行，心在天上飘。身处小城，赏览美景，心怡养生，另有感悟，微笑着面对生活中的酸甜苦辣，安静地享受生活给予的幸福与挫折，生活就应像这雾，像它们一样随遇而安。思绪随着雾纷飞，沉淀。时间在岁月的间隙流淌，多少人都在和时间赛跑，争取能够更坚强、更辉煌、更超然。晨雾温柔、清爽宜人的时刻需要我们来分享，不懂得分享的人多少会有些孤寂；雾浓霜重、前方迷离的时刻需要我们来提防，不懂得提防的人多少会有几分狼狈。所以，要保持一个好的精神、美的心态，简单轻松、开心满足，此外，还要和善、大度，充满希望。

　　清晨，有了雾的朦胧，小城愈发柔和，心情十分温暖。我呼吸着晨雾涤荡过的空气，心底异常清爽。喜欢小城的南山，喜欢南山晓雾，它们天然带有宜君人的朴实厚道、热情大度，它们能怡养人们的心性，它们使我们的心灵更健康更随和更透亮。

宜君晨雾

品读宜君

宜君，宜于君来。来到宜君，便来到了世外桃源。带着一只思想的行囊，一路采撷这里的悠然与灿烂。以最阳光的心情，探幽云梦仙境，解析历史人文，欣赏画里梯田，寻找诗情画意，踏遍山色湖光。

人间四月天，阳光温润，春风和煦，顺着210国道驱车一路北上，左看山高水低，满目葱茏，右看天高云淡，山花烂漫，你在梦幻般的景色中前行。时有喜鹊喳喳，麻雀啾啾，世间百态，唯其清鲜，唯其真切，常常让我几个小时望着车窗外岿然不动，思绪随之飘荡飞扬。

穿过宜君的南大门，经过雄关天堑六郎关，十几分钟车程后，规模宏伟的梯田展现眼前，你站在蜿蜒的梯田前举目远眺：相连的山坡，数不胜数的梯田铺天盖地，层层叠叠数百级，仿佛一道道阶梯从山顶垂挂下来。一年四季，梯田各有英姿：夏天，青葱秧苗，翠翠绿绿；秋天，遍地金黄，丰收烂漫。但最美的时候却是春天，因为刚铺上白色地膜的梯田闪现出银色的光芒，从而凸显出梯田婀娜多姿的轮廓。在阳光和云雾的滋养下，一层层泛着细碎耀眼的光芒，一叠叠随风飘动现出粼粼的波纹，满山缀满了银色的碎片，满眼之内银光烁烁，精致、恢宏、绝美，如一幅浩瀚苍茫、气象万千的水墨画，让人在陶醉中生起一种身在仙境的幻觉，真不愧是最美丽的大地雕塑。

在高远明净的天空之下，静静依偎在座座山梁之中的宜君梯田，绵延不绝，层层如带。闪闪的光波穿过时空，变幻无穷，似乎讲述着宜君人的悲欢喜怒，细细品味，它是宜君群众与大自然相融相谐、互促互补的奇迹，是文化与自然、智慧和汗水巧妙结合的晶体。

品读完梯田的震撼，继续前行，一路上，你会看到路边大片大片的槐树林。槐树林里怒放着一串串、一簇簇洁白的槐花，密密麻麻，浩浩荡荡。数也数不清的槐花，如同天地间一只硕大无比的银盘，突然迸裂，无数碎屑落入凡尘遍地生根，化作点点白花，圣洁美丽，傲然挺立。

槐树是宜君的特有树种，生长得满山遍野。一到春天，槐花满山怒放，引得外地蜂农络绎不绝。槐花每朵都很小，只是连成一串串，花瓣上有润洁的白光射出，其光灼灼，单纯明朗。在宜君的山野上，它们开得如火如荼、潇洒恣意，它们纷至沓来，无声无息地怒放着。花瓣像凝乳像蛋白，花容灿烂，银辉普照，它们悠然自得、摇曳多姿，毫无遮拦地展现着活力。槐花是有些禅意的花，它们在这寂寞荒野里，吐放着清幽的气息，不曾走入花店，不曾出席婚礼，只在大自然中美丽着。盛放就是它们生命轮回的必然，盛放就是它们的使命和责任。

品读了槐花的恬淡质朴，让人内心一阵自然芬芳！去一个有水的地方吧，想必充满诱惑，充满灵性。那当然就是宜君福地湖了。

宜君的福地湖水光潋滟，景致清幽。驻足福地湖边杨柳岸，看静静的湖面涟漪泛起，听鸟儿在枝头欢唱。丝绦曼舞纤腰，锦鳞游戏清波，水莲迎风吐艳，荷盖铺展青霞。氤氲的水汽从张开的毛孔沁入每一寸肌肤，随血液流遍全身，沁人心脾，让身上的每一个细胞都享受到一丝清爽，一分惬意。湖不大，幽微灵秀，静逸柔美。伫立船头，极目望远，长堤卧波，小岛摇绿，亭台楼阁点缀其间，蓝天碧水相映成趣。

划一叶灵感的小舟，漂流至这汪碧水。湖面薄雾如纱，如梦迷离。透过这层缥缈的霓裳，似乎隐约能瞥见她流泻的光彩，瞅见她湖水微澜的美艳。似乎能感受到她容纳河流的气度，举足轻重的作用。福地湖就像宜君的眼睛，水汪汪，滴溜溜，显得灵动深邃，不如让心停泊于此。品读福地湖，你会找到灵魂的清泉，这大自然自成体系的优美，等待你的身心与之共振。

宜君还有云梦山，山不高，却秀丽神秘，里面装满了传奇的故事，到处弥漫着英雄的气息。孟姜女哭泉遗址，守住了心灵的绿荫，相同的理念和追求，感天动地。你还可以去战国魏长城遗址，感受历史沧桑，领略文化积淀；还可以与彭祖谋面，找嫘祖交心，聆听养生文化，贴近空灵境界。"读史以明志，韬光正气锐气；诵经为修身，静养德行操行。"逝去的历史，留下了风景，寄托的是精神。走过漫长的路，经历过很多的事物，你就不由得宽容起来，接纳世界的不同与丰富。我出游过好多次，感觉既不安全也不舒适。但宜君，它使你在奔波中安静，在纷乱中清醒，增加你对大自然的景仰，于是脚步里注满了留恋。

宜君，的确宜于君来，看不尽的风景，品不完的画意。青山碧水人何处？宜君诗心如故。笑看花枝美，醉听翠鸟鸣。几多感慨几多情，把盏临风聚山城。

清凉龙山

避暑山城宜君依托龙山新建公园，逶迤的龙山像一条气势磅礴的巨龙依偎于小城南边，龙头高高昂起，龙角尖锐有力，龙背宽广平坦，龙尾蜿蜒曲折，它守望、注视、包容着这一方山水，护佑着城中众生，尽显祥瑞和谐，承载着巨龙腾飞的宜君梦。决策者应势在这里修建公园，取名龙山公园。你不得不叹服他们的慧眼与匠心。

在这依山就势建造的龙山公园中，九曲栈桥、石板小径串起的亭、台、楼、阁如龙身饰物，廊、泉、花、鸟更让这婀娜的龙山灵动了起来。天赐这多雨与清凉的小气候，使龙山在酷暑夏季最宜君来，此时，穿行于林荫下的通幽曲径，你可以深切地感受到龙山的夏之凉、夏之绿，感受民生工程之为民、之养生，感受自然之美、休闲之乐。

龙山之凉，凉透心底。从龙山之嘴的公园入口，走进雄壮的养生门，沿300余个台阶拾级而上，喘息未定，凉风顿来，享受这份特殊的清静，享受这微微轻风之清香，尽情呼吸这含氧量极高的空气，感受风的洗礼。缓步走在丛林小道，安静里点缀着或远或近的鸟叫与虫鸣，抚摸着欲滴的翠绿，吮吸着芬芳的清凉，沐浴着斑驳的阳光，让疲惫于喧嚣都市的人们流连忘返。漫步来到龙文化园、彭祖养生园，这是龙的两只眼，黄帝驭龙升天、彭祖养生千年的故事被匠人精湛的手工雕琢于廊壁；途经龙角的亮丽塔，便来到了建于山顶的览胜楼，也就是到了龙首。登高看向这绿染的龙山，心中莫名地感到亲近、熨帖、舒适，心胸温暖、开阔，感觉是那样随意、恬静。

宜君龙山的阳光不热烈也不清冷，淡淡的清静，淡淡的微风，触碰着树梢落下的缕缕阳光。走在这样的光线里，看到了自己的好心情，觉得天空都是那么温馨，也容易让人张开想象的翅膀，咀嚼着朦胧的心事，飞扬着美丽的渴望，抖落掉点点忧伤，仿佛孟姜女在温柔地诉说，带着浅浅的笑意，带着一丝永远也不会被打乱的从容。我痴迷地喜欢着龙山这夏季的凉爽，没有燥热，执着永久，清明爽朗。

徜徉于黄昏的龙山，目送夕阳慢慢地落下，聆听着微风的声响，清洗着疲惫的灵魂，也许只有在这时，你才能得到彻底的放松。风儿夹杂着一丝凉意，吹入了心房，抚摸着我们每一寸肌肤，感受着龙山夏季给我们的凉意，真的很舒服。心思随着这凉风起伏，慨叹自己很幸福，你会产生一种涤尽铅华，身心了无杂尘的感觉，不再惶惶然，不是惴惴不安，想曾经既而又想到未来，心中只有感慨！

龙山之绿，绿得彻底。"满眼不堪三月暮，举头已觉千山绿。"夏之龙山，满目翠绿，沟沟壑壑皆被各种树木、灌木、草木严严密密地包裹，绿得接天蔽日，绿得欣欣向荣，绿得此起彼伏，绿得浩浩荡荡。从览胜楼沿龙脊蜿蜒前行，还能走一段木栈道，这条栈道是用碗口粗的松木一根根衔接起来的，护栏也是由松木搭成，有齐腰多高，是一道原始古朴的景观，在绿树浓荫的遮蔽下更显得曲曲折折，踩在上面别有一番滋味，让你觉得步伐轻盈，如行仙道。不知不觉地，实木栈道和卵石小径相间相接的通道把我们引导到长寿亭、半山亭景区。一路上，在绿的海洋中随处可见一树树绽放的白色槐花，一阵清风吹过，一缕幽香飘来，牵引着你。油松、刺柏、柳树，生长得很恣意，苍翠欲滴、郁郁葱葱，还有那一丛丛散落在沟涧崖畔、荆棘丛中的野花野草，在微风中轻舞。这些茂盛的草木，每年每年，蓬蓬勃勃。绿是宁静的色彩。绿是健康的色彩，绿是希望的色彩，绿是生命的色彩。许是在机关单位待得久了，活得太严肃，呆板得似乎不会去面对生活、享受生活。眼前的这一片绿，却让我由衷地微笑、激动，带给我不竭的活力与生机。在绿荫中前行，在花丛中散步，在清凉中休憩，在氧吧中吐纳，享受那份特有的幽静与安适，游览整个龙山，令人回味无穷。宜君龙山犹如繁华背后一道婉约的美景，俯仰之间总能留存一抹清新的绿意，让人喜心满怀。天下不耐冷热之人，宜君小城期待你们，畅游龙山，做回神仙。

宜君龙山公园，盘龙伏虎，藏风聚气之象，云腾雾绕，仙人隐居之境。山梁梁，福窝窝，藏在深闺，万端风情，柴米油盐，风生水起。曲径通幽，柳暗花明，藏龙卧虎，实现梦想。畅游宜君龙山，感受灵魂洗礼。

宜君三月雪花天

初春的三月，大地慢慢温润起来，风不再那么凛冽，太阳也每天露出喜洋洋的面孔，万物复苏，春和景明。宜君的春天犹抱琵琶半遮面，来得有点儿晚，包裹了长长的一冬，人们跃跃欲试、蠢蠢欲动，迫不及待想与春天约会，或去野外踏青，或去山上挖野菜，或出去吹吹柔柔的风，看看苏醒的山，听听小鸟欢鸣和溪水叮咚。总之，心里有一个美丽的梦，一个关于春天的美梦。

可是一场风刮来，一片云飘过，此时老天爷像是一个脾气倔强的孩子，瞬间变脸，气温骤降，天空灰暗，宜君海拔1340米，雪花说来就来，一片一片，像柳絮似飞花，一朵一朵翩翩飞舞。雪花那么美，美得任性、不管不顾；美得单纯，我行我素、飞扬潇洒；美得彻底，洁白无瑕、晶莹剔透。就这样与这个季节不期而遇，人们愤愤地，没有心思欣赏这雪的世界，纷纷脱下刚刚上身的漂亮春装，不情愿地换回厚厚的棉衣。

一觉醒来，大地银装素裹，阳光灿烂通透。雪花飘飘扬扬洒了一夜，整个世界仿佛都被一层厚厚的白色棉花覆盖，一片纯净，不但干净而且清静，路上少了嘈杂的汽笛声，人们互相搀扶小心翼翼地行走，空地上多了欢声笑语，孩子们打雪仗堆雪球好不开心，摄影人脚步匆匆，趁着光线充足留下了美不胜收的雪景。初春的雪花特别轻盈，空气湿润清凉，到处粉妆玉砌。

曹公几百年前感叹："落了片白茫茫大地真干净！"是他落魄后回头望见一片大雪的感受，虽然很凄凉很幻灭，但也是人生的一种境界。此时我也突然发现，虽然这场雪延长了冬季，但是这个景象如此高深莫测如此超俗典雅，洁白的雪花覆盖一切又很快融化，这清新流畅的旋律、活泼轻快的节奏，说明宜君的春天真的要来了。这一场初春的雪，轻轻地来轻轻地走，化解了干渴，驱走了浮躁，显得弥足珍贵。

冬去春来，大地复苏，万物向荣，生机勃勃的春天即将来临。

宜君梯田美如画

来宜君看梯田。高远明净的天空之下，宜君梯田静静依偎在座座山梁之中，群山连绵，逶迤起伏，依山傍沟，绵延不绝。层层的梯田，是一曲生命与自然的壮丽颂歌，是一幅人与自然的美丽画卷。闪闪的光波穿过时空，变幻无穷，讲述着宜君人的悲欢喜怒，充满惊叹，充满感动，充满激情！

宜君的父老乡亲，在漫长的岁月中，用简单的劳动工具和超人的顽强意志，战天斗地，改造山河，给一座座山镌刻上了最为精美绝伦的画卷。一年又一年，一代又一代，宜君人在山梁上挥汗如雨、干劲冲天，造出了一块又一块平平展展的梯田。一座山从山峁到山脚，梯田依次而下，另一座山又是如此，梯田依山赋形，一层层、一片片，远远望去，蓝天如洗，白云如絮，山岭起伏，千层万叠，如诗如画，令人心潮起伏。

20 世纪 60 年代，秋末冬初，颗粒归仓，在潇潇风雨中，在严寒隆冬里，宜君的男女老少从温馨的农家院落走出来，扛着铁锹，挑着竹筐，推着木轮车、架子车，迈向寒风劲吹的山梁坡地，灰褐色的山梁，红旗猎猎，人头攒动，喊声震天，亘古沉寂的山梁，一下子沸腾了起来。挑土的，推土的，装土的，在同一个等高线上，梯田的高埂砌起来了，光洁坚实、蜿蜿蜒蜒，绵延如飘带，舒展如长河。

几年前，我登上高高的山梁，远近山岭尽收眼底。天空湛蓝，群山逶迤，如浪如涛，山头上林木葱茏，雾岚缭绕。梯田如链如带，盘山绕梁，十分壮观。过去，只靠人力，速度慢，下苦多，现在，实现梯田化的速度大大加快，推土机机声隆隆，穿梭往来。无论是在山下，还是站立山头，映入眼帘的皆是气势磅礴、壮观无比的梯田。半个世纪以来，几代人梦想将山坡陡地变成肥田沃土，眼前层层叠叠的梯田，是宜君群众多少年的汗水和心血创造的奇观，宜君的梯田给人带来灵魂的震撼和生命的启迪。

如今，站在蜿蜒的梯田前，举目远眺：相连的山坡，数不胜数的梯田铺天盖地，层层叠叠数百级，仿佛一道道阶梯从山顶垂挂下来。一层层泛着细碎耀眼的光芒，一叠叠随风飘动现出粼粼的波纹，当阳光透过云层洒在层层叠叠的地膜之上，满山缀满了银色的碎片，满眼都是银光烁烁，精致、恢宏、绝美，真不愧是最美丽的大地雕塑。

一年四季，梯田都有它的特点。夏天，一片青葱秧苗，翠翠绿绿；秋天，一片金灿灿，丰收烂漫。但最美的时候却是春天，因为刚铺上白色地膜的梯田闪现出银色的光芒，从而凸显出梯田婀娜多姿的轮廓。在阳光和云雾的滋养下，如一幅浩瀚苍茫、气象万千的水墨画，让人在陶醉中生起一种身在仙境的幻觉。宜君梯田既不像北京故宫、长城等古迹，也不像安徽黄山、四川九寨沟等自然景观，它是宜君群众与大自然相融相谐、互促互补的奇迹，是文化与自然、智慧和汗水巧妙结合的产物。

阳光下，梯田里，人们在认认真真地劳动着，有的耕田，有的施肥，有的修整田埂，骄傲而自豪地向世人展示着劳动创造的奇迹。微风中，梯田边，摄影爱好者络绎不绝，他们被这真实的艺术感染了震撼了，专心致志地拍摄，从他们满足的表情可以看出是欣欣而来。真是景中有画，画中有景，人在景中，景中映人，景美人更美。

我的心循着目光，一片片、一层层走进神圣的梯田，看到一个民族厚重的历史，一个民族深邃的智慧，一个民族坚强的意志。清晨，湿润的雾霭，遮掩着梯田的娇容。中午，条条丝带，从山顶一层层铺展下去，成为最美妙的景象！傍晚，白云开始燃烧，火焰烧红了天空，也点燃了梯田，同天空、高山融为一体，成为一幅不朽的画卷。渐渐地，无与伦比的色彩在越来越浓的夜色中隐去……这里的夜晚，一片凉意，萤火虫在天地间飞舞，清除着人们心灵上的尘埃，使燥热的心变得宁静！

草帽梯田

我的村庄

开会时，与我们作协主席交谈，他说，他最近在构思创作一篇文章，题目为：我的村庄。我的村庄？好素朴好遥远，好模糊好清晰，好亲近又好生疏的题目，思绪信马由缰，一下子飘远、飘远。

我的村庄，我的村庄在哪里？我的村庄，它是祖祖辈辈耕作的土地，它是村里的窑洞、麦田、老树以及四季的风，它是池塘的蝌蚪、榆柳的阴凉，它是翻滚的麦浪、暮归的羊群、牛背上的汗珠，它是响亮的鸡鸣、远远的狗吠、袅袅的炊烟，它是大地的泥土味。当传统的村庄快速消失，我的村庄大致就剩这些记忆。或许，我的村庄还有河边等待的羞涩小草，还有踏雪寻梅的怅然若失。我的村庄，温柔、宁静、庄严、浪漫，是天地间最美的风景。

可是如此醉人的村庄，却留不住你远行的脚步。曾经的村庄，对于你来说就是闭塞、贫穷、落后乃至丑陋。你说，泥土好苦啊，人的汗珠都落进了土里。这是我们深深的根，也是我们奋斗的源。

或许，我的村庄是笑问客从何处来，是灰砖小径覆干苔，是久在樊笼里，复得返自然。在单位工作几十载，一路走来，四十不惑。我的村庄，突然带给我无尽的联想，有多少个远离土地游荡在城市的灵魂，思想里是否都有一个挥之不去的有泥土味的村庄？我的村庄，是逃离是回归是过往，是内心的一种乡愁，还是我们共同的回忆？当青葱的岁月、靓丽的容颜，都一去不返，当一身的疼痛、一腹的心事，都无法抖落，我的村庄，让我思考、呐喊，让我纠结、回眸，让我祈愿、寻觅。

当夏天的燥热离去，秋天的枯叶挂在了树梢，就要拥抱大地化为泥土，寻求心灵的安宁，等待春日的重生。猛然，心中出现一种觉醒，一种开悟。我想，我的村庄，一样的饱经沧桑，一样的苦难过往，一样的悲欢离合，一样的童真欢乐，一样的期许向往，一样的回味绵长。我的村庄，是根是魂，让村庄泥土的芳香在城市蔓延、蔓延。

秋到福地湖

山城秋天

　　我喜欢秋天，发自内心。山城宜君的秋天是收获的季节，它成熟而理智，深沉而可爱，热情而迷人。

　　宜君的秋天最迷人。天空中，纯净的蓝与洁白的云交相辉映，阳光柔和而恬静，秋风轻拂，带着丝丝凉意和淡淡果香，轻轻掠过树梢，将枫叶染成火红的烈焰，点缀着秋日的画布。龙山公园的秋菊气味芬芳、氤氲弥漫。看那碧蓝的天，遥远的山，被秋风洗黄的野草，像一位穿着金色纱裙的舞女，在萧瑟的秋风中婆娑起舞，展现着销魂的身姿。龙山下的小河，泛着数不清的涟漪，流淌向远方，从古流到今，从辽远的过去流向茫茫的未来。

　　宜君的秋天最凉爽。看那秋收完毕的场面，仿佛一场紧张的比赛终于分出了胜负，田野从它宽阔的胸腔里透来一缕悠悠的气息，斜坡上的清香如水一般在散开，四下里的树木和庄稼也开始在微风里摇曳，树叶显得悠闲。清晨和傍晚，露水滋润了田埂，田间地头悄悄挂上了晶莹的珍珠。雾气缭绕在山间，像一个梦幻的仙境。阳光虽然依旧明亮，却不再灼痛人的脊梁，变得宽容、柔和，仿佛它终于乏力了，不能蒸融田野了。一夜新凉，满目清寒，这是一种似曾相识的感触。

　　宜君的秋天最浪漫。雁群南飞，勾起思绪万千；登高望远，心胸豁然开朗。"蝉鸣黄叶长亭酒，鲈鱼桂香泻秋雨。"西风半夜，蛩声入梦。看路边杨树傲立斗霜，望南山独立梁畔，它无须雕琢，决不迎合世俗的眼光。面对萧瑟的秋色，秋天敞开旷达的胸怀，容纳万物，展示它不屈不挠的个性以及光明磊落的品性。正如杜牧笔下所描绘的，有"轻罗小扇扑流萤"的清丽，也有"停车坐爱枫林晚"的情致。这就是宜君的秋天，有俊爽的品格，有潇洒的气质！

秋天是旅游的季节。南山之巅，秋风豪爽舒展，洒洒脱脱；洁净山城，秋雨自在飘逸，放达疏狂；福地湖畔秋月清朗皎洁，高雅明净；彭祖故里秋花灵秀脱俗，多姿多彩。云梦山秋色如画，苍穹辽阔无垠；福地湖秋意深邃，湖水碧绿幽深。听西河蛙声与秋虫长鸣交织，看龙山桐叶与红枫竞艳。"一年好景君须记，最是橙黄橘绿时。"

秋天是读书的季节。远离了春的懒散，夏的炎热，冬的严寒。宜君开展"月读一本"活动，恰如其时，秋窗下，好一个宁静的小天地，潇潇微雨，书声琅琅，伴你黄昏与良宵。你可驾白云驰骋想象，你可品香茗深思熟虑。

秋天是成熟的季节。春之梦，夏之情，冬之忆，都已随风而去。摆脱了少年人的幼稚与狂热，克制了青年人的浮躁与冲动，还未进入老年人安享天年之意境，在成熟中抵御困惑，又在困惑中渐渐成熟。春华秋实，秋天是实实在在的，它给宜君的土地带来了丰硕的果实。

秋天是收获的季节。冬的贮藏，春的播种，夏的耕耘，终于迎来金色的收获。多少坎坷，多少踌躇，多少辛劳，多少拼搏，织成了眼前美景：橘红滚圆的柿子，挂在树上；硕大的苹果，结满枝头；金色的玉米，堆满粮仓；鲜红的辣椒，挂在窗前……果林里果实累累，田野里农民忙碌着，万物成熟，累累硕果，农民喜上眉梢，乐在心头。秋天给众多生物赏赐了无数延续生命的食粮，给人们带来了丰收的喜悦。

山城宜君的秋天，没有蚊蝇，没有朔风；没有半遮半掩的朦胧，没有不切实际的梦幻，没有毫无节制的狂热，没有城府颇深的世俗。宜君的秋天，就像一名成熟的中年人，展现了大度、稳重、洒脱、宽容、温和、理智、聪睿与幽默。"一声梧叶一声秋，一点芭蕉一点愁"，秋天也是秋风萧瑟，千树落叶，万花凋谢的季节，秋天总是让人怀旧，总是充满惆怅。唐代刘禹锡有诗曰："何处秋风至？萧萧送雁群，朝来入庭树，孤客最先闻。"《红楼梦》里也有"已觉秋窗愁不尽，那堪秋雨助凄凉"。秋天的夕阳映红了山上的树林，大雁挥动着犹豫的翅膀在天空盘旋，最终恋恋不舍地向南飞去，向大地诉说这满眼成熟的金黄。秋天，它要完成生命的更新，它要扫落已经失去价值的枯枝败叶，它要冻杀蚕食生物的病虫害。秋天是新陈代谢的必然，是对生命力的一次考验。喜欢秋天，更喜欢宜君的秋天！它是一场视觉与心灵的双重盛宴，是一次感悟生命与自然和谐共处的深邃体验。

远足

芭蕾姐说："带你去一个好地方。"我喜不自胜，心有灵犀，不谋而合。于是一同欣然前往。

春去春又来，一年又一年。有人在光阴中重逢，有人在光阴中走散。目的地当然令人向往，带领者亦是让人钦佩。

清静，淡淡的微风，触碰着树梢落下的缕缕阳光，给人的感觉很舒畅。

无意中往车窗外一瞥，当即被震撼。在一个宽阔的山坳里，一大片一大片小白花开得正盛。这是什么花？芭蕾姐扑到车窗前，凝神细看。文冠花！芭蕾姐惊呼。一树树绽放的白色文冠花，有着洁白的花瓣、深紫的花蕊，一串串洁白的花朵摇曳在风中。含蓄羞涩如待嫁的少女，带着憧憬未来的幸福，娇嫩得使人心醉，单纯得让人心动。

芭蕾姐跳下车，看它、拍它、闻它，驻足凝神欣赏。芭蕾姐说，自然生长成这气势这规模很少见。她向我们娓娓道来，讲文冠花的内涵、习性、花语和历史，讲文冠花生命轮回的必然，讲文冠花的责任和使命，讲到紫禁城，讲到僧人，看着她专业专注博学多识的样子，我听得入了神。

一簇簇洁白的花朵，傲然挺立枝头，花瓣上有润洁的白光透出，单纯明朗、银光闪烁。在旷野上，它们开放得如火如荼，花容灿烂，无声无息，毫无遮拦地展现着活力。

我沉浸在一排排、一层层的花海中，心中的感受是无法用语言来形容的。这些花如山间那清纯善良、真挚无邪的姑娘清脆的笑声，虽有些突兀，却不失分寸，一阵清风吹过，一缕幽香飘来，牵引着我，我不由得为它所惊喜、感动、振奋。我站在那里，被芭蕾姐和花绰然而立的样子震撼。

　　继续前行，来到一个废弃的村落，从生锈的大门缝向里张望，荒废的窑洞，长满杂草的院子，还有门前的古树和石碾，数了数，一共九户人家。走在这样的场景里，我不由得有了好心情，觉得天空是那么温馨，废弃的村落让人张开想象的翅膀，想象着当时这里的生活，古树的年轮也在温柔地诉说。

　　车子行驶到一条小路前，便不能前行了，众人索性下了车漫步而行。踏着小草铺成的绿毯前行，享受着这份特殊的清静，嗅闻着微微轻风带来的清香，呼吸着含氧极高的空气，聆听着安静里点缀着或远或近的鸟叫与虫鸣，抚摸着欲滴的翠绿，吮吸着芬芳的清凉，心中莫名地感到亲近、熨帖、舒适、心胸开阔，感觉是那样惬意、恬静。

　　在路的转弯处忽然出现了一个水潭，弯弯的像一个月亮，这就是芭蕾姐说的月亮湾吧。水潭的旁边皆是大块石头，小瀑布飞扬的水花、迷蒙的雾气，聚成一潭清亮亮的水，水清见底，一群群的小鱼、蝌蚪欢快地游过。岸边的石头旁长满了丰润的绿色植物，芭蕾姐索性丢下鞋子，走到水里拥抱自然，我也学着她的样子将脚丫浸到水里扑腾。我似乎看到了当年这里的人家日出而作、日落而息，妇女在水边清洗，男人在一旁田地里劳作的温馨画面。

　　聆听着微风的声响，清洗着疲惫的灵魂，也许只有在这时，身体才能得到彻底的放松。水汽夹杂着一丝凉意沁入了心房，碰触着每一寸肌肤，真的很舒服。我想，现在不知道还有多少人在城市的高速运转中奔波，他们是故意还是不得已呢？慨叹自己很幸福能够享受这山水，很多心情，很多感怀，此刻，无论什么已经不重要了，重要的是自己还这么真实地拥有着这天然的景色，可以山涧听风、清泉濯足，亦可月下赏花、林间品茗，于是，心动，产生涤尽铅华、了无杂尘的感觉，什么也不想说，只想感慨，只想把自己一点一点放入水中，在这里一切沉静如佛，风不乱，水不惊，万事不扰。

草木生长得苍翠欲滴、郁郁葱葱，很是恣意，还有那一丛丛散落在沟涧崖畔、荆棘丛中的野花野草，没有因为生在荒郊野外无人识而怨声载道，也不因为花开花落无果而终而自暴自弃，我甚至能听到它们在风中笑，在风中歌唱。那一大片绿色灌木，似乎是听到了一个天大的笑话，让它们在微风中笑得前仰后合。也许是活得太严肃，呆板得不会去享受生活，但眼前的这一切，却让我由衷地微笑、激动。

文冠花是有品质和情怀的花，宋代诗人许及之创作了一首五言绝句《文冠花》："厌绿不厌红，夺朱非恶紫。了知色即空，色空奚慕蚁。"芭蕾姐说文冠花代表纯情，象征纯洁，带有一丝爱意。也指高中，也就是高中状元，都说状元是文曲星，文冠的含义就是文人之冠。还指清廉，文冠谐音文官，做官当然要清廉。

大自然有自成体系的优美，等待你的身心与之共振。人的一生，所占时间的多少，自有定数。雷厉风行、聪明伶俐的时光，总是短暂的。时间如同鲜血，每一滴都弥足珍贵。当走过的路渐渐变长，当双眸注视的东西渐渐变多，就不由自主地变得宽容起来，可接纳世界的不同与丰富。人的生命日历，只会越来越薄，有人怀念过往，有人莫名惆怅，听听这林间的鸟鸣，感受这轻轻的风声，享受这份特有的幽静与安适，令人回味无穷，让人喜心满怀。

　　这里藏风聚气，万端风情，曲径通幽，柳暗花明。敬畏生命，敬仰大自然。佩服芭蕾姐。今天兴趣盎然、不知疲倦，走了好长好长的路，废弃的村落、月亮湾都被放在身后，回来时发现鞋子上还沾了一粒羊屎蛋。

山城晚霞

宜君的风花雪月

宜君的风，四季不同，各有各的强度，各有各的性格。春天，宜君的风微微的，像是刚苏醒的少女，吹在人脸上，惬意滋润，舒舒服服；夏天，宜君的风柔柔的，像是多情的少女，抚摸着你的脸颊，清清凉凉，爽朗开明；秋天，宜君的风凉凉的，像丰腴的少妇，透过你的肌肤，温顺柔和，沁人心脾；冬天，宜君的风冷冷的，像一名干练的小伙，呼啸而至，个性十足，风声凛冽，你必须裹上厚厚的棉衣。都说宜君多风，宜君的风啊，有自己的特色，有自己的格调，有自己的分寸。

这一风吹来，吹在了宜君的山山岭岭、角角落落，吹皱了福地湖的一汪水，吹绿了宜君的沟沟坎坎。野火烧不尽，春风吹又生，这一风吹来，吹白了龙山的槐花，吹黄了雁门山的连翘，吹粉了满山的山桃花；夜来风雨声，花落知多少，这一风吹来，吹艳了花溪谷的芍药、玫瑰、丁香和月季。这一风，吹来了百花绽放的春天，吹醒了宜君的花溪谷，沸腾了一座城。这摇曳多姿的花朵，就连月亮都觉得逊色了害羞了，躲进了云彩中。

宜君的风总是那么有个性，它吹走了云彩，露出了月亮。今人不见古时月，今月曾经照古人。明明是一个月亮，可我就是固执地认为宜君的月亮不一样，宜君的月亮似乎就是比其他地方的月亮更明更亮，更圆更大，更高更美，是真的，不信你来宜君看，真的是这种感觉。天高云淡，月朗星稀。宜君的月亮有时如圆盘，有时如弯钩，漫洒清朗银辉，醉人的姿态让人流连忘返。它高高地挂在天空，照射出宜君生态环境的绝好形态。

圆圆的月亮完美无缺，可是当它变得像一条小船一样时，我便想躺到船里做梦。在梦里，我来到一个干净的世界，天地一片白茫茫，如童话般的冰雪世界。那是宜君的雪呀，冬天来了，宜君的雪飘落如絮，冰清玉洁，晶莹剔透，如纱似梦，仿佛给小城穿上了一件新娘的洁白嫁衣。凌云风骨秀，冰雪共千年，微笑浮云梦，非凡显峥嵘。宜君雪寒风骨在，冰心珠玉醉玲珑，洁白无瑕着嫁衣，来年希望绿满城。

宜君的风花雪月，不再是小学课本里的普通词语，不再是形容堆砌辞藻、内容贫乏的诗文，不再是形容男女情爱和荒诞的生活，宜君的风花雪月，有道有度，不沉溺，不胁迫，它是大自然最美的馈赠。透过迷雾，看"宜君的风花雪月"之本来面目。宋朝的无门慧开禅师曾写道："春有百花秋有月，夏有凉风冬有雪；若无闲事挂心头，便是人间好时节。"春夏秋冬，各有美景，只要内心不因世事而纷乱，有一颗平常心，正确看待风花雪月，便能永享好的景致。

读《此生未完成》有感

认真读完《此生未完成》这本书，我掩卷长思，不由得思绪奔腾、感慨万千，久久不能平静，为作者于娟惋惜，感叹命运的无常多变。禁不住又一次扪心自问，我们要用多大的代价，才能认清活着的意义？

《此生未完成》是一本纪实文学，作者以第一人称记录了自己由一个健康快乐的博士，一夜之间变为病入膏肓的患者的真实境况。告诫生者要珍惜生命、重视健康。此书没有华丽辞藻、没有豪情壮语，可它为何让我读到的不只有感动遗憾，还有思索震撼？我想，主要因为书中的记述太真、太实，太有参考价值、太有生命意义。

一开始，于娟是幸福的，她被幸运之神垂爱着，父母慈爱、事业成功、家庭美满、孩子可爱，她活得充实而忙碌，她的理想、她的才情、她的灵魂使她的笑容永远那么爽朗那么明媚，她是完美的。然而，突然的重病，让她经受撕心裂肺的疼痛，病魔毫不留情地吞噬着她的身体，最终让她的躯体一点点凋零，让她的生命之光一点点熄灭，无论她怎样坚强怎样勇敢怎样忍耐怎样抗争，依然没有康复的机会，只有死亡在步步紧逼。让人唏嘘慨叹、无可奈何，这也真是造化弄人、苍天不仁。可贵的是作者在身体和心理遭受折磨时，依然为理想而奋斗，依然在书写自己酸甜苦辣的人生，依然为所有人祝福。她在弥留之际用心血用生命铸就的文字让每一个活着的人思索、彻悟和珍惜生命，她于垂危于痛苦中给人们带来她对死亡和生命的新感悟，满满的正能量。生，亦何欢，死，亦何惧？她的人格如山花灿烂，高贵而有内涵，她的灵魂也必将如她所愿，是一片葱郁的能源林！

死亡残酷而苛刻，年轻的女博士于娟，她死了，死于风华正茂的年纪，死于春暖，死于花开，死于悄然的遗憾，死于遗憾的悄然。若寿终正寝，死并不可怕，宇宙万物，凡是生命，总有终结的时候。唯有夭折的青春、破灭的希望，最使人哀叹命运的悲哀和无奈，让我胸中奔涌起不可遏制的情感雷电。

磨难可以增添人生的光辉，但是磨难太多，苦难太重，也会扼杀活泼的生命，就像冬雪太厚，也会冻死柑橘一样。真想为于娟呐喊："世间夭折一株美丽的马蹄莲！"悲凉且无奈。

谁不希望有顺遂的人生，谁又愿意多灾多难？但是如果生活硬要把不好的塞给你，你也不用悲伤，只要有勇气同它们较量，就能把它们化作财富。于娟，她不畏惧磨难、没有辜负岁月，她是精神的胜者，是生活的强者！

我们生而为人，有太多的理想、太多的追求，有自己的义务、肩上的责任，为此，我们奋斗我们努力，但是，千万不要透支自己的身体，切莫用健康去换取资源，不要用生命去换取成功，那样就失去了活着的意义，本末倒置。不要虐待自己苛求自己，即使在痛苦无助孤立无援的时候，在必须独自穿行黑夜的时候，在独力支撑人生苦难、没人能为我们分担的时候，请学会自己送自己一束鲜花，自己给自己画一幅美丽的画，自己给自己一个明媚的笑容，然后，怀着美好的、吉祥的愿望，坚强地走下去，走过一个又一个鸟鸣啾啾的清晨。

　　流年似水，韶华易逝，如果没有健康，一切不过是满眼空花，一片虚幻。善待生命，宽待人生，且行且成熟，且行且珍惜。

风中的紫棉袄

　　这个冬季，一场雪又让气温骤降，零下十几摄氏度，特别冷。在我每天上下班的路上，都能遇见一名穿紫色棉袄的女孩在卖糖葫芦。老远就能看见，她穿着一件很厚很旧的长长的紫色棉袄，戴着棉帽，包着围巾，只露出两只圆溜溜的眼睛。她把自己裹得像个粽子，坐在学校门口，双手紧握插满了糖葫芦的木棍，眉前几缕散乱的头发，偶尔露出的脸上有点儿发红，比同龄人显得多了几分成熟，岁月过早地在她脸上刻下了深深的印迹。

　　冷冷的风里，看着她冻得红红的双手，还有那双期待的眼睛，令我隐隐地担忧，这么冷的天气，有生意吗？糖葫芦卖得出去吗？于是，每次碰见她，我总要买上两支糖葫芦，时间一长，就熟悉了。我向她热情地打招呼，询问她生意如何。她觉得我是熟客，总是不由分说地多塞给我一小支糖葫芦，我也不用她找零。渐渐地，我了解到，她18岁了，早已辍学，没事就出来卖糖葫芦补贴家用，一个木架上能插50余支糖葫芦，大的卖5元，小的卖2元，全部卖完能卖100多元。她说她父母离异，都不知去向，爷爷奶奶把她拉扯大，靠卖糖葫芦她能养活年迈的爷爷和奶奶，还能给他们买一碗热腾腾的羊肉泡馍吃。快过年了生意好，不能耽搁，她要抓紧时间，天天出摊。

放学铃声一响，学生从学校里走了出来，女孩立刻被馋嘴的学生层层围住，她一边熟练地分发糖葫芦，一边忙碌地算账收钱，脸上荡漾着开心满足的笑容。现在的学生营养好，好多学生的身体比女孩还要壮实，此时，女孩的脸和学生们的脸一样年轻一样稚嫩。

　　每天，我上班能看见那抹紫，下班能看见那抹紫，不知不觉，上下班的路上寻觅那抹紫色竟成了我的习惯。到了那个地点我的眼睛总是不由自主地张望和搜寻，那抹紫色基本不会让我失望。不管天有多冷，不管风有多大，那抹紫色总能映入我的眼帘，她比我上下班都准时准点。今天异常冷，风吹在脸上像刀割一样，查了一下台历，正逢"三九三、冻破砖"的日子。北风呼呼地吹着，似乎要把人撕裂，街道上的行人稀稀拉拉，还没有放学，学校门前冷冷清清，我穿着暖和的羽绒服缩着脖子往家走，远远的，那抹紫色又进入我的视线，不知何故，我望着她竟久久地呆立起来，思绪纷飞。

　　我被她深深地感动了：18岁，多么美好的年华，本应是穿红戴绿、花枝招展的年龄，本应是衣食无忧、快乐上学的年龄，可是命运却让她一无所有，她凭借一双勤劳的手，一颗乐观的心，做最小最苦的生意，就能养活两位年迈的老人。我自叹不如，自己的烦恼显得多么浅薄多么可笑多么不值一提，我由衷地佩服由衷地感慨，她这样的人生也不失为一种美丽。她的脸虽然染上了风霜，但却显出一份坚毅，似乎看懂了人间世事；她的手虽然又红又黑，但却那么有力，能撑起自己的那片天。也许你认为是生活的炼狱，但在她眼里却是锻炼的熔炉，烦心劳神、殚精竭虑的谋生在她面前变得简单。或许，她还有点儿羸弱、憨实，但当生命硬把苦难和不幸强加于她，她并不因生命飘落在石缝间而怨天尤人、自甘堕落，她勇于在艰苦的境遇中锤炼，将来也一定会拥有像糖葫芦那样绚丽、甜蜜和圆满的生活。在风中，我默默地祝福她！

生活并快乐着

随着春天的脚步，人们迎来了充满生命力的新篇章。春意盎然之际，大地更新，一切都在悄然苏醒，仿佛大自然在轻声召唤。人们也在这温柔的呼唤中醒来，开始一天的工作。早晨，人们迎着初升的太阳走在上班的路上，心情舒畅，无目的地期待，无理由地兴奋。

早上6点，闹钟一响，就好像列克星敦一声枪响，我紧张的早间战斗就拉开了序幕，迅速地起床、穿衣、洗漱、整理，接着做早点，为了让儿子多吃一点儿，我使出浑身解数，鸡蛋尽量蒸得软一点儿，稀饭尽量熬得稠一点儿。做好早点，然后给儿子穿戴，小家伙顽皮可爱，总是想逗我笑，这个小脚缩进去，那个小脚伸出来，想让妈妈在劳累中体现对儿子的爱与宽容。接下来就是给儿子洗脸，这个小调皮，总是觉得水滴有无尽奥妙，水也成了他的玩具。最后就是照料儿子吃饭，看到他吃饱穿好，背着小书包去上学，我的心是舒坦的满足的。自己抵达办公室时，时间正好指向8点。早间战斗，怎一个紧字了得。

工作是美丽的，它是生活的舞台和价值的体现，一系列任务如山重水复。一天的工作拉开序幕，首先是处理手头上的一些事情，文电运转、会务工作、资料整理、文稿撰写、调研安排、规划参谋等，处理这些日常事务的同时不能忘记学习，学习一些材料、读报纸、看新闻，了解最新情况。然后给有关部门打电话，沟通好业务工作。一会儿打电话，一会儿报信息；一会儿查资料，一会儿拟文件；一会儿跑出去，一会儿赶回来。事务性工作要周到细致，策划性工作要适时可行，督办性工作要积极沟通，反馈性工作要准确及时，面对这么多各式各样的工作，必须做到稳而不躁、细而不烦、快而不乱，总之自己的本职工作，一定要把它尽善尽美地完成，马不停蹄，不亦乐乎。时间像长了翅膀，不知不觉到了下班的时间。一天的忙碌真是充实至极。

晚上回到家，等待我的是另一轮家务，烧水、洗漱、打扫，等一切干完了，望着酣睡的孩子，心里充满了宁静与踏实。回想自己一天平常简单的生活，上班、带孩子、做家务，尽管稍感疲惫，但我热爱这种有条不紊的生活节奏，喜欢将凌乱的床铺收拾得整整齐齐，喜欢将普通的小菜做得精致可口，喜欢将平凡的工作干得漂漂亮亮，喜欢将简单的日子过得有声有色，累并快乐着。当你经历了劳累收获了快乐，那是多么幸福的事。

不知不觉中又一个春天来了，春天是一年中最为绚烂迷人的季节，古往今来，人们几乎用尽了所有美好的词语诗句来形容它赞美它。春天，暖人心脾，沁凉润透，"沾衣欲湿杏花雨，吹面不寒杨柳风""天街小雨润如酥，草色遥看近却无"。山岳、河流、花草那么美，亲情、友情、爱情那么美，唐诗、宋词、元曲那么美，被美簇拥着，有什么不可战胜的？每一条道路上都有出发的人，每个人头顶都有莫测的云，流星在选择中下落，太阳在选择中上升，你如何选择这个世界，世界便以何种方式回应你。在这个美妙的季节里，无数美好的事物等待你去开创、去培育、去耕耘、去播种，春天，给人以生机，给人以希望。

母亲

　　母亲，一个温暖而又永恒的主题，总是能深深地触动我的心灵，激发我向前奋进，让我心潮澎湃、泪眼婆娑。在工作上，她孜孜以求，勤勉耕耘；为家庭，她任劳任怨，毫无怨言；为孩子，她只知奉献，不图回报。这就是我的母亲，用她全部的爱与心血歌唱春夏秋冬，歌唱日出日落，就这样日复一日、年复一年地演绎生活的意义。

　　记忆里有一幕，是我上小学一年级时，每天上学要路过邻居家门口，而他家的那只个头很高、昂首挺胸的大白公鸡，也像上班一样早早守候在那里，一看见我就扇动着翅膀，凶狠地向我飞奔而来，吓得我魂飞魄散。因此，不论刮风下雨、严寒酷暑，妈妈每天都要护送我走过邻居家。一次，妈妈因公出差，眼看上学时间就要到了，我急得不知所措。这时，妈妈打电话找了一个熟人将我送到学校。妈妈，她是我坚实的后盾、我的保护神。

　　还记得那个寒冷的早晨，我固执地拒绝穿上厚重的冬衣，觉得臃肿不堪，她耐心劝导，软言细语，可我仍旧倔强，直到她的眼泪落下。她的眼泪征服了我这颗倔强的心。那天，正巧下了雪，我庆幸听了她的话，真后悔和她顶嘴，那种后悔好重，像一座山压着我。

　　另一个记忆深刻的夜晚，为了给我借到复习课本，她走夜路跌伤了腿，可她却从未对我说过。不知过了多长时间，才听姐姐提起。是的，母亲就像苦菜花，花是香的，其馥郁的花冠下隐藏着苦涩的根，正如她常带着微笑，而那笑容下是她默默承受的艰辛和苦涩。

也许在别人眼里，她只是一名朴素平凡的妇女，可在我心里，她就是一位仁慈伟大的女神。她爱她的孩子，那点点滴滴的体贴，那日日夜夜的操劳，那无声的给予……有妈的孩子是个宝。如今，她的手变粗了，头发变白了，腰杆累弯了，而她的孩子们则健康幸福地生活着。我要呼吁世间所有的儿女们，赶快为你的父母尽一份孝心吧，趁他们健在的时候。有空的时候常回家看看母亲，一句唠叨，一碗汤面，一个笑容，足以慰藉！

年终感悟

　　窗外的树叶在季节的更迭中渐渐变黄、变轻，变为一只随风而去的枯蝶，翩然起舞。静坐于这扇聚集起岁月精华的窗前，向外望出去，远处的枯山瘦水，似乎永恒地沉睡在宁静的梦境之中，而那广阔无垠的天际总披着一成不变的灰白，宛如一幅淡雅的水墨画。时光匆匆，一个冰封的世界来了。

　　日子一天一天远去，布满岁月的角落，就这样又走到了一年的尾声。一年 365 天，学生们寒暑苦读，获得了知识；工人们辛勤劳动，获得了报酬；商人们四处忙碌，获得了财富；机关单位的工作人员，操劳一年，有了一些感悟。一年来，有些人拥有了名誉智慧地位财富，有些人遭遇了痛苦失望劳顿沮丧。经历了春的希冀、夏的峥嵘、秋的丰收，那么到了冬天，我们应该沉心静气，审视自己的足迹：我做了些什么，我又做错了什么，我欠了别人什么……

　　我虽然收获有限，但却心怀满足，我有一种特别的量具，它不量物质的收获，只量精神的感受，对，就是感受。

　　我们的生活无限美好，欢乐总是多于忧愁，但是谁能保证，我们没有被命运嘲弄的时候，有时候你会面对夕阳，感慨生命的无常；有时候你会仰望天边飞过的大雁，渴望随风而去。你欢笑、哭泣、体味、彻悟，只要你认真地活过，无愧于付出，就会收获不同的人生。也许生活的旅途让你目睹了一些不堪，令你愤怒与不齿；也许你是一颗明珠，无奈被泥沙掩埋；也许你是一匹宝马良驹，却寻求不到自己的伯乐。但若心灵能够宁静如水，你便能够超然物外，心平气和地享受生活。有句话说得极是：宠辱不惊，看庭前花开花落；去留无意，望天上云卷云舒。

不要觉得自己太平凡，平凡是孕育伟大的摇篮。一个生而平凡的人，才能够深切体会到实现理想的艰难。因为自己不具备任何优越的先天条件，只能靠双手去奋斗、去争取，所以就更加渴求知识、真理和幸福。生活磨炼了你的意志，知识的积累增长了你的才干，自我完善的过程更加坚定了你对生活的热爱追求。做自己的太阳，在你悲伤无助、孤独无眠的时候，在你必须独自经受苦难疼痛、没有阳光陪伴之时，让心中的太阳温暖自己、照亮自己，无论面对怎样的大喜大悲，都坚定自己奋斗的目标，快乐着自己的快乐，追求着自己的追求。

春风大雅能容物，秋水文章不染尘。社会的进步发展，要求一个人必须具备真才实学，要有成熟的思想、超然的风度和坚强的意志。以超脱尘世的豁达，不为名利所累，不为繁华所诱，以智慧和胆识卓越于天下，高瞻远瞩而不鼠目寸光，远见卓识而不俯仰随人，在追求真善美的境界中展现真正属于人的高贵品质，追求智慧之博大，精神之富有，品德之高尚，用辛勤的汗水焕发生命的光彩。当然，在物竞天择、优胜劣汰的竞争法则面前，进取是唯一明智的选择，碌碌无为、不思进取者将在逆水行舟中一退千里，前进的步伐要求我们必须勇于逆流而上，从平凡中崛起，在淡泊中丰富自己的学识，克服自己先天的弱点，创造自己个人的风格，肯定自己存在的价值，让人生在不断进取、不断攀登中享受开拓创新、领先超越的欢乐。人的一生能做成功的事情不多，无论做成几件，都是值得我们骄傲和珍惜的。

一番言辞，激烈昂扬、言之凿凿、铿锵有力，这些是生硬的大道理吗？是夸夸其谈的空话吗？是脱离现实的本本主义吗？抑或是生活的积淀，经验的总结？也许是，也许不是。虽然它显得有点儿俗气，甚至有点儿不接地气、矫揉造作，但它的确是我这一年收获的文字感受，是我的年终感悟！如果开年终总结大会，我定会毫无保留、满怀激情地进行陈述。只要仔细聆听，你会发现这些话绝无分毫虚假，正能量满满，如果任何一句话、一个词、一个字能触碰到你的心灵，如果你能从中找到一丝共鸣，那么我也会感到无比的喜悦。

落雪的夜晚

毕竟是冬天了，冷飕飕的，电视看得眼睛发酸，夜长不能寐。关掉电视，独自仰望窗外，满天繁星，县城灯火璀璨。心中莫名其妙地开始思量，想起自己走过的人生，面对五味杂陈的生活，想起生活中的快乐与郁闷，心中有温暖也有寒凉，心中是开阔的、坦荡的，且从从容容。

一直以来，皆能保持阳光般的微笑与坦然的良好心态，喜欢欢快的畅谈，喜欢激爽的歌曲。就这样坦然地接受生活的一切。该努力的时候努力，该屈服的时候屈服，该放弃的就放弃，该珍惜的要珍惜，这是一种顺其自然的境界。天上的云朵，飘来荡去，自由自在，我的心像它们一样随遇而安，有一种超然的感觉。只要心中有希望，每个季节都会感到阳光明媚、天空湛蓝。虽然已经感觉到，自己的春天在慢慢逝去，心里却不曾伤感，对一切，顺其自然是一种超然心态。

窗外的小雪，给寂静的夜带来了些许的寒意。听着舒缓动人的曲子，思绪随着音符纷飞，多少往事在心里静静地沉淀。时光不老，四季交替，时间无情地流淌，觉得自己好像无奈地在和时间赛跑，可是再怎么努力，再怎么拼搏，也还是觉得自己很微不足道，有太多的牵挂，有太多的眷恋，有太多的想念，还有太多的承诺需要去兑现，而所有这些，又让自己疲于应对。向往着潺潺的小溪边有我的歌声，向往着涓涓的流水中有我的倒影，向往着奔腾的江河中有我的崇敬和赞美，向往着翻滚的海浪中有我的欢声笑语。曾经苦苦挽留即将落去的夕阳，挽留美好生活；曾经追忆远去的岁月，然而每日都在迷茫中度过。随着时间的推移和变化，在经历它们的时候，我们更多的是感受现实生活的馈赠。

此刻，我停留在了这一片属于我的天地。此刻，我将被子裹得更紧了，不是瑟缩着，而是在感受一种温暖，一种只存在于内心深处空旷而舒缓的温暖，一种只有自己才能心知体会的温暖。思绪的飘忽，让有些睡意的我有了些许的安慰，让顿悟于生活真谛的我有了些许的慰藉。

每个人都需要一个属于自己的天地，或许只是一个小小的角落，或许是不起眼的一隅，它是属于自己的，不需要多么豪华，不需要多么华丽，只要能遮蔽阳光，只要能阻挡风雨。忧伤时的抚慰，痛苦时的疗伤，可以烘干淋漓的泪雨；挫折时的鼓励，可以成为前进的动力。这里，搁得下你的喜怒哀乐，装得下你的悲欢离合。这里，你就是整个世界，整个世界就是你。体悟了自然与生命的意义，相聚与别离，舍弃与珍重，一切过往使自己变得简单起来，变得轻松起来，让自己开心和满足，使自己有一个积极的健康心态。其实，人人都可以获得高尚的美感，而美的陶冶，不在外表的美，而重在心灵，美的心态，它的魅力是神奇又美妙的，每一次壮丽的日落，每一处优美的风景，都在无形中能够促使我们有个美的心态，它使我们从心灵到精神都得到了陶冶与升华。其实阴与晴的距离，也许就是一步之遥，东边日出西边雨的景致让多少人慨叹，不要在原地踏步，走过去就是一片晴空。人生亦如此，没有人会一帆风顺，也没有人会常常受挫。重要的是我们要有一个放牧灵魂的精神草原，这个草原被阳光滋润，承载的是我们一生的幸福。

过往的美好一桩桩、一件件展现在眼前，带给自己欢乐、欣喜、得意和骄傲。曾经的失落也一桩一桩浮在眼前，很多心情，很多感怀，很多人，很多事，让我心里充斥着五味杂陈与百感交集。而此时，不论是美好还是失落，已经不那么重要了，重要的是自己还这么真实地拥有着绚烂的梦想。心中有梦想的人精神是充足的，让梦想飞起来的人生是最幸福的，因为这是自己的精神家园，内心充盈，不留遗憾！

午夜，风卷帘，雪叩窗，恍惚间，梦回往！无奈夜长人不寐，这个失眠的夜晚，数声和月到帘栊，思绪纷飞，再起航！

味道、王道与人道

　　最近与同事交流探讨，对"味道、王道与人道"深有感想，细细想来，就有意趣和哲理来说，这三者之间存在一定的关系。

　　味道，顾名思义，即酸甜苦辣咸，五味俱全。一个人经历了酸的辛涩、甜的喜悦、苦的艰难、辣的洗礼和咸的迷茫，五味兼具，就会拥有丰富多彩的人生积淀和弥足珍贵的经验，丰富的阅历使你具备了沉着应变的能力。这也有了化解难题的妙方，有"水来土掩，兵来将挡"的气度，也有"天塌下来当被子盖"的豁达。你变得成熟踏实、智慧能干。你有一种特别的味道，就像一本经典的书，总是值得人们去阅读、去品味、去琢磨、去欣赏，经过细品、慢读、思考，从那闪着智慧光芒的字里行间读出一股隽永难忘的韵味来。味道之味，又使人豁然开朗，深谙其中味，怎一个味字了得。

　　王道，顾名思义是王者之道，是公理，是天下人公认并推崇的哲理与道德准绳，在我国古代政治哲学中指君主以仁义治理天下的政策。王，就是高高在上的意思，王道是说君主以仁义治天下，以德政安抚臣民的统治方法，它常与"霸道"相对。无偏无党，王道荡荡，王道还可解为王走的道路、正确的道路、正确的方法。在古代，减轻人民负担，遵循自然规律，人们丰衣足食，虽死无憾，就是"王道"。在王道境界中，俊杰在位，赏罚分明，赋税徭役适度，人民安居乐业，康泰家乐，于是对国家也就出于内心地拥护："以德服人者，中心悦而诚服也。"有王道，即有王者风范，以非凡的气度和高超的策略立足于世，这是何等的胸怀与谋略。

人道，即为人处事之道，是人类共同追求并认可的道路，如和平、自由、民主等，也指关心人类幸福，尤其表现在对慈善活动和社会改革感兴趣。有人道，就能够凝聚人心、团结力量，从而具有旺盛的人气，受到大家的拥护和尊敬。有人道，充分表现出你的博爱和仁慈、智慧和豁达，这是何等的大善与大爱。人道，也是与大众共生，与人类休戚与共。

综上所述，味道是人生积淀，实干经验，丰富的阅历和处事的能力，是智慧；王道是遵循自然规律，使大众幸福，安居乐业，人们对真理的敬慕，是大众的期盼；人道是博爱，是大善与大爱，是人类共同的追求。因而，味道、王道与人道三者相辅相成，是一个有机统一的整体。用你颇具味道的大智大慧，以你治理有方的王道气度，去收获对你人道的尊崇。味道是对你自身素质的要求，是一个基础条件；王道是对你方法运用的要求，是一个先决条件；人道是对你道德品质的要求，是一个必要条件。具备了这三种道行，即德才兼备，你将会修成正果，那么在你生活的道路上、在你前进的仕途上，不论面对怎样的荆棘丛生、坎坷崎岖，不论面对怎样的酸甜苦辣以及悲欢离合，你都会微笑面对困难、迎接挑战，做到游刃有余、事半功倍。如此，你人生的脚步一定会走得稳当、走得快乐、走得踏实、走得潇洒，充分实现你人生的价值，实现你的理想，达到胜利的彼岸。

下午茶

此时，偌大的办公大楼里静悄悄的，似乎没有一个人，整栋楼里空荡荡的，我的脚步声在楼道里显得空旷而悠远。大家上班都很自觉，朝八晚六，人人爱岗敬业，忠于职守，工作认真负责。

六月，正是喝绿茶的好季节。在这样一个安静的下午，处理完所有的工作，喝一杯下午茶，岂不惬意？于是，给自己沏了一杯喜欢的绿茶，看着漂漂浮浮的茶叶在杯中起起伏伏，透明的杯子，清澈的水，漾起浅浅的绿色，心中充满了欢喜，算是对自己的一种精神褒奖吧。喜欢饮茶，喜欢那青绿色的茶汤，喜欢看那翠绿的叶片在水中上上下下沉浮，色彩有对比，淡雅适度。我的思绪也不停地如茶叶般翻滚，这样安静的下午心旷神怡，思绪仿佛也因安静而有了飞跃。

小啜一口，唇齿留香，沁人心脾，坐在办公室，忙忙碌碌之后的寂静，突然不知道该干什么，该想些什么？每天看到别人都在忙碌着体现自身价值的时候，我告诉自己我在"韬光养晦、厚积薄发"，其实只有自己知道，我只是在惬意地独自偷闲，虚度时光，忽然就有些悔恨、内疚、步履沉重，不知前路在何方！茫然的心情一如既往，少了果断，少了担当，少了追求，少了梦想，或许真的老了吧！曾经，我们是那么年轻、热情、单纯，为了梦想，迸发出所有的力量。如今的我们，青春不再、热情不再，那曾经的梦想渐行渐远，那时的我们哪儿去了？现在留下的又是谁呢？很多事，经不起等待。

很多事率性而为之后才发现，原来成熟和随遇而安的结果其实没有太大的区别，委屈也罢、愤怒也罢，结果都不会改变，唯一不同的是自己心里的声音。有时候，感觉在这个科技与信息十分发达的世界中，无所适从，始终找不到自己的归属，不该是迷惘，也不该是遥望，想做最真的自己，谈何容易，唯有心中的那种期望和纯真时刻敲打自己的心扉。

其实外出忙碌，也是很幸福的事。你可以不去思考别的事，让自己沉下来、静下来，工作到疲累。没有时间去思考什么人值得珍惜，怎么样的道路合适自己，什么样的人生才有意义，忙点儿、累点儿才是生活，感觉很充实，充实给了我快乐！生活平淡，心存感激，感恩上苍赐给我精神焕发，从容应对每一天。

思绪至此，觉得自己应该欣赏一段音乐，于是打开手机，传出一首《月满西楼》，歌词取自李清照的《一剪梅·红藕香残玉簟秋》。曲子那样悦耳，歌词那样美妙，李清照的词总是让人觉得郁郁寡欢，孤单冷清，惆怅辗转，凄凄惨惨戚戚。寥寥数字能把作者的喜悦、惆怅和失意描述得到位，并且深入透彻，读来感同身受，好似身临其境。

不知什么时候，外面已经淅淅沥沥地下起了雨，雨声柔和，雨水淋湿大地，于是我一杯清茶在手，凝望窗外的小雨。这雨，分明是上天洒下的清凉，滋润着绿树红花，涤荡着生命万物。绵绵小雨用它那特有的柔韧、沉着、冷静、不慌不忙，让万物在不知不觉中生机勃发，不久便褪尽铅华，它温文尔雅、无声无息地滋润着大地。叹季节依旧，却已物是人非；听小雨呢喃，细语未来。看那细密如织的雨点，就像一个经验丰富的长者，在经历了太多的轰轰烈烈之后，方知晓平平淡淡才是人生的真谛，所有的荣誉、光环、成就，都只是暂时的，不管是任何人，都不能永远站在顶峰。我们总有坐在山下休息的时候。品着醇香的茶水，窗外静默的槐树一如我淡然的心情。

是啊，回首人生已度过的几十年，蓦然间，掐指一算，如果人生真的有百年，自己生命的年轮已经逝去了三分之一，一种难言的苦涩传遍周身，过去的已经永远过去了。如今，儿时的无忧无虑、青春时的激情澎湃只能作为一种回忆去享受了。在回忆中，能够让自己情不自禁开怀大笑的乐事已经所剩无几，过去的已经成为过往，永远地尘封在记忆中。生活，让我暗自幽怨，甚而愁肠百结。生活，打磨掉了性格的棱角，让我渐渐趋于平淡，激情消逝，轰轰烈烈演变成从从容容、平平淡淡。也许是四十不惑，我只想独自一个人去静静地体会，虽然五味杂陈，但独自品咂，也有一缕缕温暖的光普照。

从容地做自己，一如绿茶，自在，馨香，神奇。

那个他

他因为有了可爱之处，所以进入了我的生活，继而，成为我的家人。但是，他就是他，他不是完人，也不可能集一切男性美于一身，他自有可爱之处，也有使我失望之处。他虽不潇洒倜傥，可他是一个幽默稳健、默默去爱的男人；他虽不会嘘寒问暖、关怀备至，可他知道尽自己的责任和义务，给了我真诚、尊重和自由。"人生得一知己足矣，斯世当以同怀视之"，尤其是他对工作的热爱，使我感到好男儿重在事业，让我感到如此踏实，如此坦然。

记得有一年的国庆节，我们还在恋爱期间，恰好他值班。人们成双入对、三五成群地旅游、聚餐、休闲，可是他却不见人影，就像孙悟空一样，一个筋斗就无影无踪，千呼万唤不见出来，使我不由得感慨"陪着枫叶飘零的晚秋，才知道你不是我一生的所有"。原来，他一天二十四小时，都属于单位值班室。我告诉他，值班没有那么严格，他全当耳旁风了。我虽然不乐意，怨他没有陪我，但又觉得他的做法是对的，应该坦诚地做人，认真地工作。

一次，他单位的两名同事因工作小事闹别扭，两人都坚持己见，以至于到无话可说的地步。看到这个情况，虽然与他没有多少利害关系，但是他却急得左右周旋、来回调解，自己掏钱让两人饭桌上交流沟通，苦口婆心劝解。最经典的是，他还跳了非常难看、特别不协调的忠字舞。那笨拙的动作，搞笑的表情，快赶上小品演员了。两位同事忍俊不禁，终于化干戈为玉帛。正是他的热心，他的幽默，他的与人为善、为别人着想，最终化解了很多矛盾和纠纷，消除了无数尴尬和隔阂，在同事中也增加了几分亲近和信任。

他后来在乡镇工作，每次夜晚从乡里回来，拖着疲惫不堪的身体叩响家门时，出现在我面前的是他脏乱的头发、憔悴的面容、欣慰的表情。进了家门后，他那双脚的超级臭豆腐味，让人掩鼻让人皱眉，真能节约水资源，是没有洗脚的时间还是没有洗脚的水？我唠叨他不讲卫生，懒惰讨厌。我苦口婆心，可人家倒好，早已在电视机前专心致志地看晚间新闻了，气得我总是埋怨他不够重视我。可是一说起工作来，他立马精神百倍、兴趣盎然、滔滔不绝。对于工作，他真是疯狂，什么恪尽职守、兢兢业业之类的好词好语，全用在他身上也毫不为过。

面对如此这般的他，我只能忍气吞声了，只能让他去忠诚于他的工作，奉献于他的事业了，只能让他去好好管理那个大家，我只能排在他心中的第二、第三或者更后面了！也许他给不了我什么，我权当是一个笨蛋遇到一个傻瓜，但还是引来无数人的羡慕和嫉妒。

缱绻在红尘深处

那一轮亘古不变的圆月，又迎来了帘卷西风，冷雨飘摇，室外温度骤然下降了不少。拎起厚外套穿在身上，遥望窗外的远山，绿色不再那么清新，而是多了一层厚重，呈现黛绿继而墨灰，显得深沉甚至沉重了。秋深了，季节的更替给心情增加了一份怅然。

触景生情，想想自己走过的人生之路，想起生活中的五味杂陈，一直以来，我基本能保持阳光般的微笑与平和的好心态，面对工作和生活。红尘深处，琐碎俗世，柴米油盐，谁能逃避？

秋天殊未晓，风雨正苍苍。秋风秋雨，最是秋思。喜欢文字的人，大多是有一点儿孤独寂寞的，也有一些伤心故事的，他们基本喜欢秋天这个季节。季节依旧，物是人非；秋雨呢喃，如同细语。细密如织的秋雨，像一个经历沧桑的耄耋老人，在经历了太多的轰轰烈烈之后，方知晓平平淡淡才是人生的真谛，平淡随意才是生活的真谛。秋雨用它那特有的柔韧、沉着、冷静，让万物在不知不觉中黯然失色。

回首人生，已经过去了几十年，掐指一算，如果人生真有百年，自己生命的年轮已经逝去了三分之一。一种难言的五味杂陈，可是过去的已经永远过去了。如今，儿时的无忧无虑、青春时的激情澎湃，只能作为一种回忆了。在回忆中，能够让自己情不自禁愉悦的乐事已经所剩无几，过去的已经变成过往，永远地尘封在记忆中。

流逝的岁月，虽然弥足珍贵，但无可挽回。在这秋的季节里，秋风、秋雨勾起了自己无尽的思绪，人一定要拥有吗？或许失去的才是所拥有的。很想敞开情怀、用文字洋洋洒洒地倾诉自己心中的无奈，又怕是无病呻吟、为赋新词强说愁，罢了，缱绻在红尘深处。就让这浓浓的思绪穿越时间的隧道，在脑海里细细地回味过去的人生吧。我们回忆过去，也许是为了未来。

给中考孩子的一封信

亲爱的宝贝：

　　时间像风一样在耳边呼呼而过。距离中考仅有 100 天了，虽然你依然乖乖宅在家里奋笔疾书、埋头苦读，但是，窗外的树已经绿了、花就要开了，一个生机盎然的春天即将来临。然而，生命里并无太多春天，过去的分分秒秒，你付出了多少？浪费了多少？应该仔细思考。这一段时间，是否应该暗暗下定决心，披荆斩棘，奋发图强，发起总攻，进行最后的冲刺。相信付出一定会有回报。

　　孩子，妈妈的宝贝。看着你夜以继日的努力，眼睛熬红了，脊背发困了，妈妈也很心疼。对你，妈妈是矛盾的。既希望你出人头地，成为栋梁；却也不嫌你平凡如草、普通平庸。心里想，只要你活得健健康康快快乐乐轻轻松松，我就开心。怕你苦怕你累，但是人生的路迟早要自己走，我更多的是要对你负责。对世界而言，你或许只是一粒尘埃，可是对爸爸妈妈而言，你却是我们的整个世界。你是我们的生命和精神支柱，而爸爸妈妈是你最坚强有力的支持者和鼓励者。

　　我的孩子，你很坚强很刻苦，很独立很阳光，很懂事很善良，你的一些声音一些语言一些细节，在我眼前总是那么清晰，那么生动。感谢天感谢地，让我拥有你，此生足矣。

　　火烧眉毛、中考在即，妈妈不想对你讲一些大道理，因为你比妈妈更明白。身教胜于言教，我做好妈妈，你做好孩子、当好学生，我们各自做好自己。

但是妈妈还是忍不住啰唆，还是想对你说几句，宝贝，须珍惜时间。时间对每一个人都是公平的平等的，每个早晨都是一个愉快的邀请，珍惜每一分每一秒，相信你能做到。读书不觉已春深，一寸光阴一寸金。

妈妈还想对你说，宝贝，要保持好的心态。你一直是一个阳光善良的孩子，一定要继续保持。不要让情绪泛滥，控制好自己的心情，别让焦虑阻碍你成为更好的自己。唯有脚踏实地努力，才能让自己的未来充满希望。对未来多一些憧憬，对生活多一些热爱。

妈妈还想对你说，宝贝，得吃苦耐劳。吃得苦中苦，方为人上人。一张图纸，无论多么宏伟，也不可能看着就建起高楼大厦；一个罗盘，无论多么精确，也不可能捧着就能到达彼岸。没有行动力，一切都是空谈。学习是你登顶的阶梯，逆袭的筹码，改变人生的钥匙。目标已经明确，成功就在前方。希望你刻苦努力、自信从容。

烟雨春风、细柳斜斜，绿色的春天带来了美好的预感，每一个清晨鸟声清脆。空气中有一抹香甜，那是奋斗拼搏的味道。加油吧，孩子；祝福你，宝贝。

给宝贝的一封信

亲爱的宝贝：

　　时间好快呀，一晃你就从咿呀学语的小孩变成了个子高高的少年。妈妈的宝贝，妈妈觉得还没和你好好说话，没好好给宝宝做饭，没陪宝宝学习，宝宝就长大了。妈妈这一生，在心里最安全最踏实最幸福的一片绿草地，就是我的宝贝你。你的个子长得再高，年龄再大，地老天荒，天荒地老，此生，你永远是妈妈的宝宝。

　　少年宝宝，妈妈想对你说，在学习的生涯里，你经历了希望、苦恼、光荣、喜悦，那么我们是否应该找时间冷静地总结自己、检讨自己：我做了些什么，我又错过什么？我们的生活和学习无限美好，欢乐总是多于忧愁，但是谁能保证，我们没有被命运嘲弄的时候？有时候你也许会面对夕阳，哀叹生命无常；有时候你也许会望着天边的大雁，渴望它把你一起带走。你欢笑、哭泣、体味、彻悟，只要你认真地努力，无悔地付出，就会收获不一样的果实。

　　少年宝宝，妈妈想对你说，也许学习生活的旅途让你看到了一些不好的现象，令你不齿；也许你是一颗明珠，无奈被泥沙掩埋；也许你是一匹宝马良驹，却寻求不到那份潇洒与认可。但如果有了一颗宁静的心，就可以比较超脱地看待一切，就能够心平气和地享受生活。有句话说得极是："宠辱不惊，看庭前花开花落；去留无意，望天上云卷云舒。"不要嫌自己平凡，平凡是孕育伟大的摇篮。一个生而平凡的人，才能够深切体会到实现理想的艰难。因为自己不具备任何优越的先天条件，只能靠双手去奋斗、去争取，所以就更加渴求知识和真理。生活磨炼了意志，知识丰富了头脑，自我完善的过程更加坚定了你对生活的追求。

少年宝宝，妈妈想对你说，爸爸妈妈不能陪你的时候，要学会做自己的太阳，温暖自己、照亮自己，无论面对怎样的困难，都坚定自己奋斗的人生轨迹，快乐前行，不懈追求。春风大雅能容物，秋水文章不染尘。社会的发展，要求人们必须具备真才实学，要有成熟的思想、坚强的意志和超然的风度。要以超脱尘世的豁达，不怕苦累，不怕诱惑，以智慧和胆识卓越于社会，高瞻远瞩而不鼠目寸光，远见卓识而不俯仰随人，在追求真善美的境界中展现真正属于自己的高贵品质，追求智慧之博大，精神之富有，用辛勤的汗水焕发生命的光彩。

少年宝宝，妈妈想对你说，在物竞天择、优胜劣汰的竞争法则面前，进取是唯一明智的选择，碌碌无为、不思进取者将在逆水行舟中一退千里，前进的步伐要求我们必须勇于逆流而上，从平凡中崛起，在淡泊中丰富智慧，超越自己先天的弱点，创造自己的风格，肯定自己存在的价值，让人生在不断进击、不断攀登中享受开拓创新的欢乐。

少年宝宝，你很懂事很刻苦很努力。在成长的路上，希望你做一位跋涉者，有负重者的信念和力量，有前进者的平和与勇气。这种磨砺和锻炼，使人的脊梁永远不弯，使人在艰难的跋涉中懂得可爱、博大。是的，在人间世事的生活面前，学习的烦恼显得多么浅薄多么可笑多么不值一提。匆匆的时光，所有的所有，在时间面前，终将释怀。人的一生能做的事情不多，无论做成几件，都是值得骄傲的。

永远祝福你！我的儿子。永远祝福你！我的宝贝。

福地湖风光

余下的生命

炎炎夏日，处处都有窒息的热风，夜不能寐，每天上演的分分合合，融入这人潮人海中。夏季的浮躁，渐近又渐远，翩翩起舞的书页，记录满满的历史。

当我晃晃悠悠活了大半辈子，虽然生如蝼蚁，有时渺小的感受不到自己的存在。但是70后的我，见证了新旧时代的交替，见证了日出而作日落而息和霓虹闪烁灯火辉煌的奇迹，70后是一个充满感慨的年龄，70后经历变化之多、思想跨度之大、眼界开阔之宽，让我不由得感叹：何其有幸，生于华夏！

小时候，看见奶奶的三寸金莲，好奇她那长长的裹脚布，蹲在奶奶洗脚盆前，歪着脑袋不停地问："奶奶，你的脚疼吗？为什么要裹脚，不裹不行吗？"奶奶说："现在好哇，现在的女娃娃不用裹脚，不用受这份罪了。"我的奶奶，活了86岁，一辈子没走出方圆百里，而这仅是旧中国女性司空见惯的生活写照。如今，我见到了许多气质优雅、雷厉风行、叱咤风云的女领导、女企业家，早上在上海，下午飞海南。短短几十年，我目睹了封建思想的消亡和现代女性的风采。

小时候，感觉一天好长呀，一个夜晚又漆黑又漫长，玩泥巴抓石子是我们白天的乐趣。村里有钱人买了第一台黑白电视机，一村子人都挤在人家家里看，还有外村的人风雨无阻步行几十里路来看，那种精气神势不可当。一个县城总共只有一辆公交车，坐车可是一件无比神气的事。如今，家家户户有楼房有好车，家用电器更是应有尽有。楼上楼下电灯电话，照灯不用油烧火不用柴在很多老年人眼里的神话变成了现实。现在，总感觉时间不够用，精神世界丰富多彩，日子过得有声有色有滋有味，工作、创业、旅行、休闲、聚会，分分秒秒从耳边嗖嗖而过，时间都去哪儿了？七旬母亲经常说，赶上好时代了，活着多好啊！

小时候，最怕下雨，因为上学经过的路坑洼不平、泥泞不堪，总怕弄脏我的小花鞋。如今，条条马路像美丽的丝带缠绕着城市，是城市的一道风景。

小时候，消息闭塞，对一切事物都感觉很新鲜。如今，信息时代数字化时代，足不出户用手机了解全世界。家事国事天下事，事事关心。虽然我没有干过大事，但是我时常关心国家大事。作为公民，我兢兢业业干好本职工作，贡献自己的力量。因为，我爱我的家，我爱我的国。

小时候，生活单调得只有吃喝和学习，我生活的小县城总感觉没有睡醒，总是静悄悄的，没有一点儿声息。远处的山，灰蒙蒙的，似乎也总在沉睡。如今，我的小城焕然一新、亮丽迷人、车水马龙、商贸兴旺、高楼林立，人们安居乐业。远处的山似待嫁的新娘，成了花的海洋。外地游客脚步悠闲，修身养性。小城如一个青春活力的少年，总是早早醒来，总是在熙熙攘攘、忙忙碌碌中。

我给我的孩子，讲过去的生活，讲过去的事情。他觉得不可思议，认为就是一个天方夜谭的童话。其实，这是中国在最短的时期，发生的翻天覆地的变化，这是发展最快最好的真实存在。国家强大了，人民富裕了。

如今，虽然工作几十载，见证了神话般的现实变化，感受到了发展的加速度，体验了高科技的各种便捷。虽然每天忙于工作，忙于生活。但骨子里始终觉得自己就是一个农夫，喜欢守着自家的一亩三分地过日子，看着地里生长的庄稼，结出的累累果实，心中欣喜不已，心胸是温暖的开阔的坦荡的。

虽然我们的青春在慢慢逝去，却不曾伤感，对一切顺其自然是一种心态。多年的时光清透了我的心，始终保持阳光般的微笑和平和的好心态，不喧哗不争夺，坦然接受生活的一切是一种境界。时间在岁月的间隙流淌，我们不妨和时间赛跑，争取能够更坚强、更灿烂、更超然，和善大度充满希望，因为清晨有美丽的朝阳迎接你。

我的小时候，我的如今，时光的剪影让我不由得感慨，安于盛世，见证百年，生于中国，幸福无边。人生过半，余下的生命，且过且珍惜。

陪院的日子

我妈生病了，而且病得不轻。听到这个消息，我瞬间慌乱不堪、惊恐不已，顿感茫然无措、六神无主，调整好情绪，安排好工作，便请假去陪院。

孝顺的姐姐们已经先我一步去了医院，前期那些纷繁复杂的缴费、各种检查、住院手续已经办理完毕。看到病床上虚弱的母亲，抚摸着她干枯的手，我心如刀绞，疼得像要滴出血来。马上就要手术了，坚强了一辈子的母亲仍然很坚强，她认真听着医生的嘱咐，没有一丝害怕，非常配合，特别听话。术前我紧紧地拥抱了她，目送她进了手术室。这是一个很大的手术。我紧张的心一直悬在嗓子眼，一分一秒地数着时间，觉得好难熬啊！

我妈，一位普普通通勤劳善良的退休教师，辛勤工作、抚育儿女、默默无闻、任劳任怨，是我们姐妹几个的精神支柱，是我们爱的源泉，是我们温暖的港湾。我们相亲相爱，是幸福的一家人。如今，她突然病倒了，我们真是心疼不已、心急如焚。

终于，手术成功且非常顺利，我们的心稍稍能安定一点儿。病床上的母亲脸色苍白无血，眼睛轻轻地闭着，静静地躺在那里。偶尔掠过一丝痛苦的表情，我想那一定是她在默默忍受疼痛。这位可爱可敬的老人，虽然羸弱，但从不叫苦叫累，比我们想象中更强大。医生说因为母亲年龄大，术后有一种药是不能吃的，只能靠自己的体质慢慢恢复，也就意味着母亲有可能不会完全健康。我实在揣量不来医生的意思，急切地追问医生，不停地反复追问，直到被医生厉声训斥，我却一声也不敢吭，泪水再次从心里漫过，那种叫天天不应叫地地不灵的无助，那种痛彻心扉无处宣泄的酸楚，那种无所适从魂无所依的失落，那种血浓于水的揪心，我开始自责，觉得自己没有照顾好母亲，没有尽到孝道，母亲一直悄悄忍着怕麻烦我们，我也没有及时发现，发现了也没有第一时间去治疗，母亲对我是深深的爱，我却对她淡淡的，我一直以为她是我们的坚强后盾，是我们的精神堡垒，可是，她也年过七旬，她也会生病呀！万千的思绪，让我悔恨难当，我愿意用自己的生命去替她。我感觉自己太渺小太无能了，面对病魔，除了听从医生，我无能为力一筹莫展。我的心又跌入谷底，我又一次黯然伤神了几个小时，急忙回不过神来，像丢了魂一样，像是丢了一件再也找不到的世间珍宝，像是自己的血液要流干了。

术后，我们都很紧张，生怕有什么意外，姐妹三个齐心协力一起陪院。姐姐们床前床后精心护理，谁也不愿离开。大姐买了两块地毡，铺在病床前的地板上，一个人在凳子上坐着观察，两个人躺在地毡上休息。姐姐们心疼我，让我先休息，睡在地板上，舒展一下腰身，好舒服呀。窗外的月亮很圆，月光照进了病房。我躺在地上，毫无睡意。

感谢老天，母亲一切平稳。三天后，她能下地走路了，我们用助步车在楼道护着她锻炼。这时我不禁感慨，医院里人来人往，像赶集一样，电梯里接踵摩肩，拥挤不堪，人们各怀心事、行色匆匆，有的人哭哭啼啼，有的人蓬头垢面，有的人面无表情，有的人也像我妈妈一样靠助步车慢慢挪步。病魔呀，把人折磨得非常痛苦，可是，吃五谷生百病乃人之常事，生老病死也是人生的自然规律。

妈妈的爱总是那么无私，时时刻刻都在体现。虽然在病榻上弱不禁风，但是她总怕我们累着，术后不喊一声疼，事很少，不提一个要求，自己艰难地翻身也不忍心叫醒刚睡着的我们。用微弱的声音不停叮咛我们，换着休息，不要都累着。真是操碎了心。

医院里的大夫戴着厚厚的眼镜分析病情、研究病情。敬畏他们，感觉他们像是救命神仙一样，可当他们经受家属无数遍非专业的询问，他们不厌其烦无数次讲解，直到最后变成那种凌厉的语气和崩溃的态度时我倒是也能理解。医院里的白衣护士每个都年轻靓丽，如绽放的花朵。她们马不停蹄，忙忙碌碌像蜜蜂一样飞来飞去。我们买了一点儿新鲜水果，对他们的辛勤表示感激，对他们的职业表示敬佩，都不容易。

同一个病房的两位病友，一位病情比较轻，做完手术第二天就可以出院，她儿子陪着她战战兢兢地走了。另外一位病入膏肓，生命在倒计时，打完针，买了药，唱着歌开心地出院回家了。新住进来的一位病友病情也特别重，听他说因为没钱没人照顾，也准备出院回家，听天由命了。是呀，还有更不容易的。

过了几天，母亲已经能自己单独走路锻炼了，说话也很有力气，和我们不停地聊天。医生说再过两天拆了线就可以出院了，母亲一天比一天好起来了。今天，是我在地板上睡的第七天，躺在硬硬的地板上，分分秒秒陪着心爱的妈妈，感觉特别踏实。今晚窗外的月亮，依旧很圆很亮，还有几颗星星一闪一闪，望着圆圆的月亮，我再次深深地祈祷，妈妈快快好起来！妈妈健康长寿！树欲静而风不止，趁您健在，我要加倍孝顺您爱护您！对着月亮，我还有一个简单朴素的愿望：我希望医院空空荡荡，门可罗雀，不要有这么多病人！我希望人人健康，快乐生活，珍惜每一个有光的清晨！

人生是一场渐行渐远的旅程

初冬的宜君，天蓝云淡，叶落枝残。小城的轮廓，越发清晰，几朵悠闲的白云，在湛蓝的天空恣意游荡。远处的枯山，似乎快要睡着了，想把自己裹进冬天的梦里。枯藤老树、古道西风，暖阳洒满全身，大地显得空旷寂静，一切似乎都在渐渐远去，这个季节，这一世草木，这一年。

人在本质上是孤独的，忽然想去远足，趁这阳光，趁这清朗，趁这小城，是锻炼，是感悟，也是思索的空间。伴着微冷的风走进花溪谷，虽然没有往日的百花竞放，缺少昔日的绿草如茵，只有小屋、树木静静地伫立，但是没有百花的簇拥倒显得清静，一切都露出本色倒显得简单，初冬的花溪谷别有一番滋味。土地被修整，阡陌纵横，泥土芬芳，让人们浮想联翩，明年的花开又是一场怎样的盛宴？动漫主题、各种玩偶，显得有了灵气，似乎在说，我将继续站在这里，看花开花落，看人来人往，看渐行渐远的你。

迎着猎猎的风，战国魏长城遗址孤独地屹立着，倦了繁芜，倦了纷争。一世浮华，只愿倾心这里，细水长流。惊起却回头，有恨无人省。匆匆的时光里，藏着多少无法言说的情愫，不去追赶岁月的深情，因为所有的所有，在时间面前，终将释怀。

夜晚，来到福地湖畔数星星，今夜星星让你数烦了，都藏了起来，只有月亮高高挂在苍穹。天上的月亮在水里，水里的月亮在天上，仿佛近在咫尺，其实远在天涯。虽是初冬，但气温却不低，福地湖的水虽然寒凉，但是还没有结冰，滑冰的乐趣暂且放下。像是有些事无论你多尽力，依然杯水车薪；有些人不管你多珍惜，注定遥不可及。

小城虽小，但我喜欢。这里的一山一水、一草一木，都和我很亲近，它们是如此平和，淡然的风吹过，一种熟悉的味道飘来，不用费劲，好舒服、好惬意。

如同一位跋涉者，感觉自己走了好多路，吃了好多饭，喝了好多水，度过好多个夜晚，迎接无数个清晨，写了好多字，干了不少事；感觉街道亮丽了，小城变大了，屋子整洁了，人们精神了；感觉胸怀通透了，笑容纯真了。在好多的好多之后，突然感觉好远的好远。也许，人生是一场渐行渐远的旅程，我们都只是时间的一次性容器。

信念给忍辱负重者以光明和力量，给苦难者以和平和勇气。这种磨砺，使人的脊梁永远不弯，使人在艰难的跋涉中懂得了可爱、博大和坚韧不拔。当我们爱脚下的土地时，说明我们已经拥抱了一种精神。也许，人生是一场渐行渐远的旅程，时间见证了我们的努力和辉煌，我渐渐走远，远成你视线里的一个小黑点，而小城慢慢变美，美成一道韵味独特的风景线。

人生是一场渐行渐远的旅程，听起来很正确有哲理，但我不喜欢这句话，不喜欢未必不好、未必不对。生活安乐时，作绝望之诗；失意受挫时，写生之欢愉。

诗路花语

旱作梯田

岁月不居

诗路花语

诗心不改
从小时候一直到现在
经历美好的过往
感受飞速的发展
我想用诗铺成一条路

路不平坦
我却一直勇往直前
走了很远很远
用一颗爱心把生命传承
用一颗赤心把热情奉献

花开烂漫
美总在身边
我用一双深情的眼睛
去不停欣赏
去不停发现

语言很短
却是朴素的真情实感
我要用一支细笔耕耘探索
把文字开成美丽的花朵
种在每个善良人的心间

宜君，宜于君来

宜君，宜于君来。
君为何人？
天下德高智慧之君子也。

50 年代，
两千多名知青就在这里战天斗地、挥洒青春，
王晨同志也曾留下无数辛勤耕耘的足迹，
留下深情赞美宜君的佳作。
2017 年"10·19"群体救人事件，
再次让外地客商感激涕零、泣不成声，
央视领奖台上，
再次让宜君好人心口赞服、尽人皆知。
一种行动诠释善良的认同，
一个缩影体现淳朴的承袭，
路不拾遗夜不闭户，
宜君人好、"好人"之城！

漫步宜君，
雄关天堑六郎关姿态昂扬、马蹄声声；
孟姜女感天动地，

守望中国最美梯田、坐拥人生之永恒；

花溪谷里百花摇曳浪漫成趣，

一群蝴蝶笑看花枝；

福地湖水光潋滟灵动深邃，

获得陕西十大湖之一的美称；

千年娑罗树紧挨玉华宫，

回味玄奘的手植温度、思索玄奘的修身诵经；

战国魏长城遥望黄帝陵，

讲述宜君的历史沧桑；

探幽云梦仙境，

处处弥漫英雄的气息；

与彭祖谋面、找嫘祖谈心，

聆听养生文化、领略民族积淀；

更有宜君剪纸、农民画，

让你感悟中国画乡的艺林夺彩、石破天惊。

全年三百天以上的优质空气，

任你沉醉在天然的大氧吧。

"养生之城"不论在哪，

都让你感到舒心惬意、清凉玉润。

宜君自然资源丰富，

石油、煤炭、天然气等十余种矿藏，储量巨大；

风电、光伏，新能源优势明显。

红红的苹果、金黄的玉米、有机的核桃，

被誉为"宜君三宝"，物美价廉，久负盛名。

新兴产业中草药种植、食用菌种植，

肉兔养殖、肉猪养殖，

发展势头迅猛，活力地蕴天成。
优厚的资源、广阔的平台，
为"创业之城"谱写精彩的华章。

宜君承东启西、连接南北，
是关中通往陕北的"天桥"，
便利的交通，使人流、物流、信息流更加快捷，
南往西安、北去延安只需一小时车程，
已融入西安一小时经济圈。
细致周到的保障、精准高效的服务，
"共享之城"正昂首阔步，
驶入追赶超越、聚力发展的快车道。

来吧，朋友！来领略宜君的灵秀，
感受宜君的厚重，
品味宜君的曼妙。
我们要把最美的歌唱给你，
把最醇的酒敬给你，
把赤诚的心捧给你。
在这里，
你一定会拥有茶叶一样香的朋友，
收获草莓一样鲜红的事业。
天人合，最宜君。
天下多胜景，此地最宜君！

宜君创业者之歌

芸芸众生，大千世界，
多少人脚步匆匆。
然而并非每个人都有好的运气、美的前景，
能够拥有安定的事业和富足的家庭，
一帆风顺、平淡无奇地走完人生之路。
无数人平凡得像春天路边的小草，
尽管春意盎然、生机勃勃，也无人理会。
为了自尊的生存，为了自我的证明，
生存的必要条件是开辟一条创业路，
让生命在创造中升华，
让灵魂在拼搏中净化。

于是，
一个个新生的创业者在宜君这片土地起程。
思考、策划、布置、劳顿，
一个个新的公司开业。
一天过去了，两天过去了，
无人光临我们的店铺，没人笑纳我们的服务，
三十天过去了，四十天过去了，
由于市场方向不明，销售路线不通，

我们的千辛万苦没有一丁点儿回报，
盲目的我们没有丝毫力气撑下去，
百般无奈、走投无路，
店没客，人散了，赔本了，失业了。

我们感慨创业太难、路途太远，
挫折太频、禁忌太多，
我们消沉，消沉得无法自拔。
我们好似一片云，无处落脚，
我们感觉呐喊衰弱无力、生活苍白无聊。
命运毫不留情地把我们抛向了失败的浪尖，
孤独、寂寞、渺茫、无望，
又伴我们虚度了许多个日夜。
我们抱怨生活太苛刻，埋怨命运太刻薄，
我们在黑暗中摸索，在自怜中徘徊。
前方，漆黑一团，身后，乱迹一串，
我们自认饱经沧桑，自称看破红尘。
在命运面前，我们俯首听令，甘受摆布。
此时的我们，像一只没有帆的船，
茫茫大海，无处靠岸，
春夏秋冬，叹息抱怨。

但是，我们还有一片热土，
我们可爱的家园——宜君。
我们还年轻。
年轻，是两个神圣的字眼，
小孩羡慕、老人眼馋。

政府雪中送炭的支持，
敲击我们年轻的心，
细致的思想工作，
碰撞我们不甘落后的热情，
苦口婆心的教导让我们相信：
只要青春还在，就不要悲哀，
纵使黑夜吞噬了一切，
太阳还可以重新升起。
只要生命还在，就不要悲哀，
纵使身陷茫茫沙漠，
还有希望的绿洲存在。
只要明天还在，就不要悲哀，
冬雪终会悄悄融化，
春雷定会滚滚而来。
创业者的梦里多风多雨，
创业者的路途轰轰烈烈，
创业者的眼前烟雾缭绕，
创业者的头顶蓝天白云。

更重要、更及时的是：
党的温暖阳光般照耀了我们，
领头雁不怕苦不惧累，
进企业、走一线、调查研究，深入了解，
营销、用工、融资，一切问题迎刃而解，
减免相关费用，简化审批手续，
政策有力扶持，项目大力支持，
场地、资金，协调安排，

技术、信息，源源不断，
关心关爱第三产业的春风吹遍了宜君角角落落。
政府的关心、关爱，
让我们终于找到了停泊的岸、温馨的家。
归来了，那颗流浪的心，阳光雨露纷至沓来。

一切，从这里开始，
锈轮飞转，钝斧风行，
带着党的鼓励和失败的教训，
我们又一次起航，加入创业的洪流。
一批批创业者如雨后春笋拔地而起，
为了产品质量，熬过多少不眠之夜，
为了扩宽市场，走过多少万水千山，
多少艰难困苦，多少风雨兼程，
我们与坚强一起成长，与意志共同收获。
从失望到希望，从折起到展开，
从简单到复杂，从失败到成功，
灯亮灯灭，花开花谢，
得与失，泪与笑，
一次次轮回，一次次沉淀，
一次次崛起，一次次茁壮。
在创业的路上，
创业者用现代的管理模式和风格，
用科学灵活、反应迅速的决策机制，
不仅成就了自己，更成就了一个时代，
冲破困境、锐意进取、开拓创新！
让我们看到了一个个勇于奋斗的灵魂，

看到了他们艰苦创业、脚踏实地的精神，
也看到了他们的善良、感恩和强烈的社会责任感。
因此，
我们的梦里又添了一份光彩，
我们的天空也出现了一片蔚蓝，
我们的瞳孔闪烁五彩缤纷，
我们的心底流露坦白真诚。
放眼望去，
现在的宜君城灯火通明，
再也不像以前的星星之火；
现在的宜君城车水马龙，
再也不像以前的门厅清冷；
商铺星罗棋布，物品应有尽有，
饭店装修华丽，美食各具特色，
作为宜君的一名创业者，
我，也是这道风景中的一抹。
如今，
投资环境更加宽松，
投资政策更加优惠，
这里生态优美、土地宽广，
这里气候宜人、资源丰富，
这里是耕耘的热土，
这里是创业的天堂。
我们不再是孤雁，那样太无助，
我们不再是独草，那样太凄凉。

宜君创业者，

一路艰辛一路歌，
一路跟党幸福多。
只有紧跟着党的步伐，
我们才能复活、重生，
我们才能聚集正能量，
我们的事业才能蒸蒸日上、如火如荼；
只有紧跟着党的领导，
我们跳动的脉搏才会热血沸腾，
我们齐声的歌唱才会响彻云霄，
我们绚丽多彩的创业梦才会实现，才会成真。

我们的使命

一个充满民主、让社会走向复兴的名字
一个团结协作、和共产党肝胆相照的名字
一个建言献策、关注民生民情的名字
人民政协
你像东方古国上空的七彩祥云
你像神州大地崛起的巍巍昆仑

政协委员
讲真话、进诤言
调研路上奔走实干
政协委员
顾全局、讲奉献
建言灯下疾书百遍
政协委员
解民意、助发展
牵线搭桥真知灼见

宜君政协、政协力量
准确定位、聚焦主业
强化政治引领、广泛凝聚共识
开展协商议政、积极建言献策
民之所忧、我之所思
民之所思、我之所行

聚焦总书记重要讲话精神
聚焦黄河流域生态保护
聚焦项目建设
聚焦民生改善
聚焦长远发展
中草药种植基地有我们尽职尽责的专心调研
肉兔养殖场有我们耐心细致的使命担当
苹果园、核桃园有我们风尘仆仆的风雨兼程
花溪谷里有我们真诚真挚的视察建议
会议室里有我们切切实实在传达民意

围绕中心工作我们一次次视察
推进重点工程我们一次次调研
到基层、到一线
凝结成心系民生的一件件提案
民主监管鞭策着我们为群众代言
我们用实际行动展现风采、争当典范
常怀敬畏之心、筑牢思想防线
努力付出获得了宜君各界的点赞

政协在你身边
人民的心声就会拥有幸福的回音
政协在你身边
群众的愿望就会成为幸福的永远
展示宜君政协担当
彰显宜君政协力量
做出宜君政协贡献

作为政协委员
融入这样的集体我倍感温暖
历史赋予的使命无比庄严
宜君发展需要我们协商议政
社会和谐需要我们出力建言

祖国崛起的跨世纪宣言气概豪迈
迎来了万里江山的灿烂美好
在迎接建党一百周年之际
在这个辉煌伟大的时代
让我们在实践中将才华施展
在加快建设美丽宜君的新征程上
使命牢记信念真
不忘初心为梦圆
同心同德、再立新功！
忠诚履职、再绘新篇！

党旗飘飘照宜君　群声豪迈颂党恩

朝阳和星光在闪耀，
火炬和麦穗在飘扬，
夺目的花朵在绽放，
奔腾的江河在吟唱。

党啊，伟大的党！
你在纪念碑汉白玉浮雕中，
在千万条臂膀托起的旭日中，
升腾，升腾！
党啊，光荣的党！
你选择正义和光明，
在中国特色社会主义的改革中，
前行，前行！
党啊，正确的党！
中华民族伟大复兴的世纪宣言，
响彻黄山、响彻长城，
响彻黄河、响彻长江，
响彻心中亲爱的祖国，
响彻共产党人璀璨的梦境，
汇成一支奋进的旋律，
轰鸣，轰鸣！

所有的山脉在舞蹈，
所有的丛林在舞蹈，
所有的河流在舞蹈，
所有的城市和村庄在舞蹈！
峥嵘的岁月、鲜红的旗帜，
如画的江山、飞扬的党旗！

党啊，亲爱的党！
我将一捧汗水、化成感恩的珍珠，
为你唱起赞歌、永远永远相追随；
虽然，
我们没有经历战争的枪林弹雨，
也没有参与激情四射的国家初建；
但是，
渐渐理智的我们，
目光终会汇聚在这面旗帜下；
渐渐成熟的我们，
思想终会与您保持一致。

1936 年 7 月，
宜君县第一个红色政权，
中共红宜县委成立了；
从此，在党的领导下，
宜君人民抛头颅、洒热血，
谱写了一曲曲可歌可泣的时代壮歌；
全县经济社会发展取得了巨大成就，

实现了突破进展和新的跨越。

一份情怀，

承载不渝的使命、寄托着美好梦想！

一种力量，

连接百姓的生活、开启了幸福之门！

扶贫路上，

不丢下一个贫困群众，

不落下一个贫困家庭。

百姓的小事就是我们的大事、要事，

人民的期盼就是我们的行动指南——

移民搬迁顺利完成、镇区改造全面开展，

医疗保险全面覆盖、供水工程优质放心，

民生工程惠及百姓、点滴成效积聚丰碑，

老人免费体检笑意融融、义务教育均衡发展，

公共文化服务有序推进、食品安全得到保障。

我们共产党人，

听党话、跟党走，

始终把"保障民生、改善民生"作为终极目标，

始终把"敢于担当、勤勉干事"作为根本保障；

三项机制认真落实、严格遵循准则条例，

切实增强四个意识、自觉履行"两个责任"；

严明纪律严守规矩、小胸牌大担当，

永葆清廉务实本色、永葆风清气正形象。

党旗飘飘、青山不老！！

清澈的福地湖水吟唱夏的韵律，

披彩的山城涌动着喜庆的乐曲！
喜看山城新貌，处处高楼林立，
放眼龙山上下，一派欣欣向荣！

宜君自然资源丰富，
石油、煤炭、天然气等矿藏，储量巨大，
风电、光伏，新能源优势明显；
红红的苹果、金黄的玉米、有机的核桃，
被誉为"宜君三宝"，
物美价廉、久负盛名；
新兴产业中草药种植、食用菌种植，
肉兔养殖、肉猪养殖，
发展势头迅猛、活力地蕴天成。
宜君承东启西、连接南北，
是关中通往陕北的"天桥"，
便利的交通，使人流、物流、信息流更加快捷；
细致周到的保障、精准高效的服务，
美丽山城正昂首阔步，
驶入追赶超越、聚力发展的快车道。
天蔚蓝、云悠远，轻风拂面秋阳暖，
草色黄、山素颜，羊肥果丰收获年，
舞欢腾，歌激昂，百姓日子如蜜甜。
天人合，最宜君。
好日子，感谢党！
天下多胜景，此地最宜君！
永远跟党走，不忘党的恩！
不能忘记，

那段岁月、那段历史，
艰苦卓绝的年代永载史册！
因为那是，
我们民族的丰碑，我们的精神之魂！
太阳出来了，
大地简洁素雅，天空开阔深远。
火红的党旗，
气势宏伟、庄严肃穆！
星星之火、红色热土，
照亮了中国革命走向胜利的道路；
血雨腥风、风云激荡，
多少可歌可泣的故事；
硝烟已去、尘埃落定，
留下了，永恒宝贵的精神支柱；
中国共产党走过的风雨历程，
波澜壮阔！
中国共产党写下的华美诗篇，
灿烂辉煌！
我们的党一次次接受洗礼，
沐浴着火光，
沐浴着雷电，
山河多娇，
像一只涅槃的凤凰！

共产党人披荆斩棘的历史轨迹，
共产党人艰苦创业的真实记忆；
那句为人民利益而奋斗的誓言，

打破了时间的屏障，
屹立在每一位共产党人的心中；
每一位共产党人都心情激荡，
每一位共产党人都神采飞扬；
每一位共产党人都信心百倍，
每一位共产党人都斗志昂扬！
亲爱的党啊，我的母亲！
我们要把最美的歌唱给你，
把最醇的酒敬给你，
把赤诚的心捧给你！
亲爱的党啊，我的母亲！
在您英明正确的指引下，
共产党人正以铿锵有力的步伐，
精神百倍、意气风发，
昂首跨越新征程！

一百年前飘摇的小船，
引航了民族的复兴！
一百年前郑重的宣誓，
托起了国家的希望！
一百年，沧海桑田！
一百年，薪火相传！
从青翠的云梦山仰望涌动的云霞！
从巍峨的雁门关眺望搏击的风帆！
江河万里，党的丰碑屹立不朽！
神州大地，党的历史辉煌耀眼！

让我们在以习近平同志为核心的党中央领导下，
乘风破浪，直挂云帆！
不忘初心，砥砺前行！
让我们在鲜艳的党旗指引下，
求真务实，扎实苦干！
万众一心，众志成城！
共同创造更加美好的明天！

照金思绪

细雨中的照金，些些凉意
这一场雨仿佛正在抚慰着这里
皱着眉头望天宇
着了迷，出了神
在习仲勋、刘志丹、谢子长革命家高大的塑像下
聆听他们的豪言壮语
感受他们的丰功伟绩
感慨之情油然而生

这样的环境
有一些东西需要去仰视
那就是
赤诚的红色
过去的苦难、现在的和平
曾经用生命与鲜血换来的安居乐业
显得弥足珍贵

曾经的照金
冲破了黑暗
牵制了敌人的兵力

造成了敌人的恐慌和混乱
唤起了人民的觉悟
鼓舞了人民的勇气和信心
封锁与反封锁、摩擦与反摩擦、革命与反革命
多少可歌可泣的故事
血雨腥风、风云激荡

太阳出来了，依然清冷
大地简洁素雅
天空开阔深远
纪念馆气势宏伟、庄严肃穆
英雄群雕巍然耸立
西北高原的红色热土
星星之火
照亮了中国革命走向胜利的道路
硝烟已散、尘埃落定
留下了
永恒宝贵的精神支柱
和鲜血铸就的红色印记

胜利来之不易
幸福来之不易
感动着、铭记着、深思着
这样的胸襟、胆识、气度
这样的风骨、气节、肝胆
艰苦卓绝的年代永载史册
不能忘记

那段岁月那段历史
因为那是
我们民族的丰碑
我们的精神之魂

碧空如洗

人生舞台

每个人都有一片属于自己的云彩
每个人都有一个演绎自己的舞台
只要你的云彩足够美妙
只要你的舞台足够精彩
只要你能够展示自己的美好
只要你能够温暖别人的心怀
那么
你人生的舞台便有祥云缭绕、霓光闪耀
你人生的舞台便会好戏连连、绚烂多彩

宜君的山水养育了我
宜君的天空呵护了我
宜君的大地承载了我
生于斯、长于斯、歌于斯的宜君
是我充满乐趣之地
是我安身立命之所
青山为幕、大地为台
奉献为先、时光为伴
宜君就是我人生的舞台

我热爱宜君，因为它是我人生的舞台
热爱家乡、建设家园
乃天地道义、人之本分
我为家乡赤子、群众公仆
理当知恩图报、倾其所有
我要努力、我要创造
我要拼搏、我要进取
我要在宜君的大舞台上
尽展添砖瓦、洒汗水的热情
尽现谋福祉、树文明的风貌

努力工作吧，它是我人生的舞台
工作是美丽的、工作是光荣的
工作是快乐的、工作是幸福的
不断自我成长、体验丰富人生
跌倒和爬起都是修行
以一种自己愿意的辛苦
过好每一天过好每一年
是战士，就去英勇战天斗地
是文豪，就去潇洒挥毫泼墨
是雄鹰，就去傲然搏击长空
是小草，就去默默染绿土地

奋力前行吧，它也是我人生的舞台
我已经看见了美丽的家园
听见了未来的呼唤
我要用脚步丈量更远的风景

我要用心胸盛装更大的世界
我要享受付出带来的荣誉和收获
我更愿意承担干事的责任和委屈
聚集了太多期许的心情
聚集了太多渴望的目光
因此注定我永不停歇
因此注定我奋力向前

最美的雪花在哪里

清晨一缕冷风香
天地一片白茫茫
昨夜叩门声声窗棂响
我以为是苦的风凄的雨
原来是你
纷纷扬扬
送来一件新娘的嫁衣
一件晶莹如玉的白纱衣
最美的雪花在哪里
在你不经意的惊喜里

这一场雪
来不及围上围脖
就悄悄与你相遇
一片一片
下雪了，人们不打伞
一起走，也许可以走到白头
最美的雪花在哪里
在你浪漫的归途里
孩子们笑声荡漾

开心地打雪仗
专注地堆雪人
渴望雪，像是一种注定的心情
千朵万朵，平凡剔透
把自己做成雪人
寒冷时，有棱有角
温暖时，甘心融化

最美的雪花在哪里
在毛公"北国风光，千里冰封"的豪迈里
在岑公"四边伐鼓雪海涌，三军大呼阴山动"的雄壮里
在曹公"落了片白茫茫大地真干净"的叹息里
在柳公"孤舟蓑笠翁，独钓寒江雪"的寂寞里

最美的雪花在哪里
在我们作协的细笔里
在山城文韵的平台里
在我们书协的水墨里
在我们音舞协蹁跹的红袖里
在我们民协剪纸的巧工里
在我们剧协秦腔的长调里
在我们摄协艺术家的镜头里

我又一次在冷风香里饮醉
期待你的又一次降临
穿越时空的记忆
穿过岁月的经年

用纯洁无瑕的傲骨冰肌
建粉妆玉砌的迎亲新房
经过几度轮回
还十里幽思
与雪相遇
忽如春风

最美的雪花在哪里
在美丽的宜君山梁上
那一场不期而至的瑞雪里
放下忙碌
停止奔波
来安静的宜君
看最美的雪花

喜迎二十大

金秋十月果飘香，
五谷丰登蜜意浓，
喜迎辉煌二十大，
未来建设方向明。

协会换届会议开，
激情浩荡满胸怀，
文艺小院多志士，
而今我县有英才。

做事力求真善美，
为人恪守孝廉勤，
一片赤心如晓日，
满腔诚意说真诠。

花溪谷里百花鲜，
乡村振兴干劲足，
西延高铁天堑过，
创新豪迈谱新篇。

盛世山河万物生，
峥嵘更上楼一层，
山城宜君快发展，
继往开来大业成。

《春雨润照金》／周增鸿

赞福地湖中秋诗会

中秋诗会福地开，
激情浩荡满胸怀；
文朋诗友同欢聚，
妙笔生花抒未来。

金风玉露送清香，
月照平湖水天长；
一词一句味无穷，
人才济济意气昂。

平平仄仄唐风暖，
宽宽窄窄宋韵佳；
笔走玲珑知美善，
吟完一首云飞腾。

国庆中秋喜相逢，
诗词沧海兴致浓；
无限风情入梦魂，
丹枫似火别样红。

党校学习有感

踏雪寻梅腊月香，
济济融情前景好，
培训会议党校开，
激情浩荡满胸怀，

喜逢辉煌十七大，
未来建设方向明，
盛会召开举世惊，
峥嵘更上楼一层。

做事力求真善美，
为人恪守孝廉勤，
一片赤心如晓日，
满腔诚意说真诠，

自古中华多志士，
而今我县有精英，
"三个宜君"快发展，
继往开来大业成！

"宜白黄"黄帝文化交流会有感(组诗)

(一)

华夏文明始祖先,
仓颉嫘祖功德建,
三县地缘核心区,
黄帝文化根脉传。

(二)

炎黄子孙五千年,
世界文明唯我先,
仓颉造字功业巨,
人文始祖万代秋,
嫘祖美德流百世,
黄帝恩惠焉能忘,
共同寻根传继承,
奋起建设我家园。

贺宜君诗韵上线

喜闻诗韵将上线，意气风发目光远；
文朋诗友写人生，妙笔生花歌家园。
岁月不居送旧年，精神抖擞迎春暖；
吟完一首意未尽，一平一仄味无限。
千古一绝唐风婉，万年流传宋韵缠；
人才辈出在平台，各抒情怀显己见。
宜君诗韵喜上线，诗词歌赋兴致浓；
万千妙语现平台，读后收获定很满。

盐城行

——第二次盐城学习考察有感

弹指一挥间，故地又重来，
景色各不同，特色更鲜明，
雄姿变化大，发展美如画，
人生如逆旅，我亦是行人。

此程不虚行，择其善者从，
胸中有志向，玉骨有仙风，
互学互助深，朋友情更真，
明月非两乡，相逢又几重。

康养之城

宜君之战国魏长城

你乘着西北风扬起生命的孤帆
在幽寒的星光下
扯开古老的闸门嘶哑高歌
你如磐石一般
横卧几千年群山之巅
将浓厚的墨
酣畅地泼进岁月的河川
吸引着遥远的方向
扑向你大智若愚的黄土

你从远古蛮荒的山峁边缘
踽踽行走在孤独的路上
你似乎已经倾诉了一切

凝固笼罩四野的蓝色高空
覆盖了多少龟裂的土地
席卷了多少阴暗的潮湿
你是浩荡九天的神物
是民族历史积淀的图腾
你窥视人间的几多欢愁
是一幕幕悲壮的传说

从我们遥望荒原的第一束目光里
你摇摇晃晃地抖动
为我们涂抹黄金般厚重的色泽
穿梭在你汪洋恣肆永无止息的江河
涌动人类亘古未变的情感
冲破岁月锈蚀的栅栏
你承受孤独的辉煌播下大片晴朗的希望
你是永恒的证人
西风斜阳下
断裂的夯土支撑着历史的驿站
精神之树蓬勃着涅槃的舞姿

你矗立于起伏的山岭中
驻扎在辽阔的大地上
炎黄子孙为之自豪的瑰宝
中华民族亘古不变的灵魂
经历过太多暴风雨的洗礼
接受过太多硝烟战火的考验
记述着一幕幕曾经震天动地的悲壮

写满了勇敢、血泪、善良、智慧……
无法知道，想象也苍白无力
但是，透过斑驳的断壁残垣我们看到的
依然承载着五千年文明的历史
依然是一颗辉煌的璀璨明珠

当红日再次冉冉升起
你依然雄伟，依然静肃
永远定格在硬朗的群山之上
树起一座丰碑
征服一切困难
战胜一切险阻
一群勤劳智慧的人民
一方善良实在的水土
坚信心中的那个梦
一定会更美
宜君战国长城
为你大声喝彩

蝉音响起

蝉鸣长歌又入盛夏
我在晨风里饮醉忘了行程
迷迷蒙蒙
这旦夕的新声是否聒噪？
这盛夏的果实是否丰盈？

故里来客却不相识
水边徘徊独自等候
一直期待与那年的初心相守
可是
八月初凉，夜风不眠
吹瘦眉之间

那盛夏的果实在哪里？
蝉鸣嘶哑又在高枝
我在沉睡中苏醒
绽放的轮回中
我又在寻寻觅觅，上下求索
放怀心中美丽的臆想，不再惊慌

时间在耳边嗖嗖而过
在这个须臾即逝的时光
追寻的旅途淹没在忙碌的脚步
光阴飞驰，沧海一粟
心自所存，旁人哪知

我又一次沉醉在风中
回忆曾经的耕耘与播种
蝉鸣柳巷，风落雨前
阵阵蝉声，悠悠禅意
与初心相拥
寻觅那盛夏的果实

魏长城风云

秋天的离伤

当花溪谷一片叶子落下
我感受到生命的轻盈
轮回的岁月
行人无限思秋风

当小城的天空悠远明净
我感受到上下一色的通灵
清寒正是可人天
轻罗小扇扑流萤

当龙山一阵凉爽的风吹来
我感受到季节的叮咛
落日楼台时光易逝
青山换上美丽的衣裳

当福地湖湖面波澜不惊
我看到一碧万顷的模样
路漫漫水迢迢
远书归梦不寂寥

当提起那支搁浅的笔
我想起了王昌龄
"金井梧桐秋叶黄，
珠帘不卷夜来霜"

秋天的离伤
不影响宜君的风和景明
笑看庭前的圆月
何曾胜过我的芬芳

喷泉广场

夏季的黄昏
燥热迟迟不肯退去
休闲广场的喷泉
绽放出绚丽的光彩
摇曳着动人的舞姿
演奏出动听的旋律

水柱随着节奏舞动
上上下下，高高低低
变换着各种图案
时而如巨龙摇头摆尾
时而如鲤鱼活蹦乱跳
时而一飞冲天
时而铿锵落地
时而温柔地窃窃私语
时而激昂地引吭高歌
那飞腾的水花
那迷蒙的雾气
多么迷人壮观
多么有声有色

令人目不暇接

令人叹为观止

我听到一种激情澎湃

我看到一种热血沸腾

我感到热爱生活的人们在尽情抒怀

人们的共识和情感价值如喷泉一样

每一次冲击

是自我的超越

是激情的迸发

喷泉之所以漂亮

是因为他有压力

瀑布之所以壮观

是因为他没有退路

这让人陶醉的音乐喷泉

需要积蓄力量

厚积而薄发

社会在快速发展

时代在瞬息万变

放下内心深处束缚自己的网

寻找新的生活目标

让每一个生命都热情绽放

不负岁月

不负韶华

家乡美

弹指挥间已十年，
银丝挂满两鬓边。
酸甜苦辣虽尝遍，
家园巨变亮眼前。

花溪谷里百花鲜，
姜女梯田梦已圆。
战国长城涅槃生，
小城山水几多欢。

点点痴念静无言，
不求风流写诗篇，
春夏秋冬是君心，
只愿人人笑容甜。

宜君雪

谁言冬日不飞花？
飘飘扬扬悠悠洒。
晶莹剔透洁如玉，
银装素裹纯无瑕。

凭栏眺望风姿飒，
水剪琼瑶醉天涯。
漫舞似蝶虽迟疑，
几抹清辉挽面纱。

无限仁义谁可比？
傲骨冰肌平凡花。
来年化作甘露雨，
暗染生命绿梦发！

雪舞

昨夜北风呼呼至，
不意飞花送雪飘，
粉妆玉砌千里白，
沧海阑干万丈冰。

红袖蹁跹流光色，
傲骨冰肌寒彻明，
茫茫十里迎卿来，
笑看今世几度情？

华容瘦影怜香冷，
一片幽思此处浓，
万里星辰万里心，
玲珑九转醉朦胧。

山有木兮木有枝，
踏雪寻梦天涯行；
路漫漫兮雪纷纷，
上下求索不停息。

回复刘老师

收悉信息年末时，
得知长兄已七十。
时光不舍昼夜流，
君心不弃诗文长。
结庐人境小村居，
心远自无车马喧。
山气日佳飞鸟欢，
悠然自在世桃源。

附刘新中老师《为新年进入古稀慨叹》：

七十有话古来稀，
却是黑白转换时。
拜将子牙深水钓，
养生彭祖小村居。
心随浩莽温书本，
情寄渊博梦剑戟。
但愿东风如意至，
诗文不萎弄长须。

宜君春雪

宜君雪花大如席，片片棉絮飘天地，
尽情挥洒展美丽，滋润来年必生机。

本是人间四月天，千树万树尽展颜，
谁料厚雪压枝头，叶绿花红斗霜寒。

雪白白在雪，梅红红在梅，
你恶恶归你，我善善归我。

春浓

亭前新绿，眼底软红，春浓怎奈风月轻；
一池碧水，十里桃花，不负春光不负卿。
质本洁清，花魂难留，明媚鲜妍能几更？
落絮朦胧，思绪满怀，女儿惜春倍伤情。

康养之城（组诗）

（一）拾花梦

拾花山居午梦长，
此中与世暂相忘。
风吹裙袂飘飘举，
雾岚云裳闻花香。

（二）养生城

避暑小城康养地，
在此留恋已忘家。
何须秦皇不老药，
且尽宜君养生茶。

（三）健康行

世人个个忙康健，
不悟康健在眼前。
自然芬芳负离子，
吸氧洗肺似神仙。

魏长城星轨

宜于君来

这里清风凉夏气象新
这里曼妙多姿绿意深
这里是避暑康养幸福城
这里是民间画乡文化城
魏长城烽火岁月放光芒
娑罗树枝婆娑留芬芳
君来宜君
宜于君来
这里鸟语花香
人间天堂
唱不完的幸福歌
如沐春光
君来宜君
宜于君来

这里金果飘香花烂漫
这里天然氧吧心境宽
这里有现代医药深度融
这里有高铁穿越山梁中
福地湖波光粼粼映彩霞

梯田四季醉人美如画

君来宜君

宜于君来

这里激情飞扬

人民善良

舞不尽的好日子

心花怒开放

君来宜君

宜于君来

君来宜君

宜于君来

愿你青山绿水春常在

青山绿水春常在

泪泉

没有惊天动地的誓言
没有风花雪月的浪漫
只有天长地久的等待
让我望穿秋水
肝肠寸断
你的身影找不回来
青山是我相思的容颜
伤心像潮水将我掩埋
永远地掩埋

没有轰轰烈烈的豪言
没有山盟海誓的壮语
只有地老天荒的守候
让我一往情深
魂驰梦想
你可知我泪流成泉
泉水是我思念的泪滴
泪水洗不去心中执念

长夜漫漫盼君归

思念绵绵泪成泉

变成天下最美的田园

变成天下最美的梯田

最美的梯田

登龟山

宜君龟山风景好，
庆云阁立光辉照，
百鸟齐飞迎客到，
登龟山，人欢笑，
心情快乐如年少。

眼望石雕增志气，
心思嫘祖忘神疲，
流连忘返游人醉，
漫步观，特惬意，
气象万千不一般。

远眺天边多美妙，
祥云落日游鱼缈，
天地人和春色早，
龙腾跃，鸡报晓，
富民强县花枝俏。

可爱的宜君

在你的怀里
在你的心里
那里春风沉醉
那里绿草如茵
上帝把指纹
留在了宜君
如画的梯田
像梦里的桃花源
在那明媚的春天
槐花幽幽然
慢慢徜徉在雪色的槐花林中
我们静静呼吸着花香
可爱的宜君
美丽又神秘
内心柔和
感觉无以描述

多想每一天
生活在这里
我们流连忘返

在可爱的宜君

林海茫茫

在芝草盈目间

亘古魏长城陪伴幽雅的龙山

明净的福地湖

还有鬼谷子云梦山

让我们一起

在你的怀抱里尽情呐喊

可爱的宜君

美丽又安宁

内心柔和

感觉无以描述

可爱的宜君

美丽又芬芳

我要为你喝彩

为你欢唱

山城新貌

山城好，旧貌换新装
欢歌声声村村富
笑语盈盈户户康
发展建设在四方

山城好，沃土长丰粮
春到满田铺锦绣
秋来遍地是珍珠
佳景感慨自由好

山城好，九野果飘香
苹果千吨来报喜
核桃万担喜呈祥
增收致富家家忙

山城好，绿风满山城
栽树种草林木茂
净气氧吧弄骚人
特色旅游事业昌

山城好，睦邻增和谐

互相帮助扬美德

干群鱼水一家亲

小康道路猛飞奔

山城好，处处涌新潮

一幅蓝图呈异彩

科学创新富万民

宜君县城日月新

夜景下的魏长城

春满宜君

宜君又逢四月天
姹紫嫣红入眼帘
山川平原
春意烂漫

山桃热情被点燃
腰身娇娆显容颜
柔情似水
倾国倾城

槐花莹莹白且纤
隐形草莽芬芳间
繁枝摇曳
谈论桑田

福地堤上横云烟
新柳风中轻翩翩
说尽千言
趣意盎然

农夫备种忙耕战
无限风光指纹连
画里梯田
梦里桃源

笑傲群雄竞风流
铁骨铮铮品赤诚
春风裂石
地绿如油

宜君春色美如画
画外有声是美人
缘聚缘散
未知经年

春意宜君

春有百花香
万紫千红
一树碧柳娉婷婷

风来满楼情
吹过山城
十里河川草青青

柔因湖水拥
如痴似醉
波澜不惊心款款

软乃春风轻
如烟似梦
沧海明月意浓浓

小城之春

绿绿的小城
装满了纯氧
看到的是满眼的生机
闻到的是芍药的芬芳
这里很悠扬
这里很清爽
这里让人僵硬的脸
露出了久违的阳光

往事已经很久
心却收不回往
空气里弥漫着
淡淡的紫丁香
曾经的曾经难以寻找
似乎又站在你的身旁
细细地研磨
看着你书写

你像湛蓝广袤的天空上
高高挂着的云朵

总是让我仰望
我臆想去伸手触碰
感受它的绵长
深深地沉醉
守候千年的轮回
再做梦一场

宜君战国魏长城景观

古韵风雅

杂感

岁月不居曲悠深，世清乾坤又逢春。
初心不改鬓霜白，家国苍生系情深。
对镜贴黄增华发，码字唯恐是庸篇。
勤耕不辍建功业，百花争艳香满园。

秋登龙山

天高云淡兴致满，午后登上最高点；
叶落枝残疏瘦淡，草木落尽薄稀远；
小城深处空气鲜，道法自然是清简；
难对龙山满眼秋，萧瑟之美还依然。

苏醒

一点素心依旧，半世归去朦胧，
一朝春事绻缱，风拂雨轻心悦。
揉碎桃花乱乱，眼底浮来笑浅，
梦里明明有君，醒后空空无人。

下乡演出

空旷大地鼓震天，
红歌阵阵百里传。
脱贫攻坚力度大，
农庄丰收人心甜。

玉兰花开

门前暗香一树高，
粉妆玉兰向天笑。
不必吟夸颜色好，
风流自惹仰客到。

康养福地

百花齐放山有情，
平铺十里水无声。
康养蓄秀此福地，
宜于君来绿满城。

花溪谷

云裳花海伴翠轩，
姹紫嫣红已开遍。
良辰美景奈何天？
赏心乐事在晴川。

蜜蜂

莫道青春容易老，
追随日月放光华。
采得百花成蜜后，
为谁辛苦为谁甜。

晨跑

挑起一肩风絮，
喝下半盏凉茶。
不羡世间繁荣，
只慕脚步如花。

云

云水本一体，
遇冷凝珠滴。
随风纵横变，
浮沉茫茫迹。

植树

草木知春归，
山野斗芳菲。
干群汗淋漓，
憧憬绿丝飞。

书香宜君

朱粉不深匀，
闲花淡淡香。
读书交流会，
分享立春风。

窗外玉兰

春来一棵树，
窗外白玉兰。
栏边人似月，
皓腕凝霜雪。

宜君山桃

树树山桃花，
簇簇春深处。
寂寂无人声，
纷纷开且落。

喜上眉梢

一夜春风至，
满面桃花开。
初尝酸与甜，
喜愁在眉尖。

登高望远

立足高山望远方，山也茫茫，水也茫茫。
平生多少笑荒唐，烙在胸膛，坠在诗行。

放眼人间百转肠，叹却文章，尽是文章。
任风吹破素衣裳，成又何妨，败又何妨。

悠然自得

梦里花落

想来好久不做梦了
可是今夜却又一次
梦见你
不断的梦境
内容大多雷同
都是你的突然离开
我的无所适从与绝望

可是今夜的梦
不再像以前那样不安
它是你的安详与美丽
带我走过一个又一个百花绽放的地方
不知疲倦

你的一切又一次清晰
不想醒来，只想这样走下去
我无以描述这种温馨
久违的温馨
来到天堂的感觉
只想让梦境继续
记忆永存
用文字保存那些美好
梦醒之后
又睡了
希望继续梦见你

睡又睡着了
可是没有做梦
自然没有遇见你
怅惘
多希望自己一直行走在鲜花丛中
每一次梦见你
我都会记下来
尽可能精确到每个细节
我真的记了很多

梦里花落知多少？
谁又知道？
醒后天空大亮
阳光炽烈

我似乎无以承受
喜欢你悄悄潜入我梦中
又一次
梦见你……

与日月同辉

无题

不知什么时候
你从轮回中走来
无声无息渗入我心扉
蓦然回首
灯火阑珊处耀眼的你
你的光芒
唤醒了我沉睡已久的梦

风起，吹开了我的诗篇
你的高大尊贵如美酒
让我醉倒在每一片夕阳里
你的和蔼可亲
让我总有一种亲近的、妥帖的、舒适的情感在心海荡漾
感觉着这样一份感觉，很随意
往日的理智顷刻碎散
我愿画地为牢并乐此不疲

你是风，从不为谁停留，也不会为谁心动
你更像天上的月亮
高高的，远远的，冷冷的

而我依旧在月下徒劳地搜寻
对着冬雪，对着银河，河上灿烂的鹊桥
倔强的投影里留下无数明亮的呼唤
也许一切只是缥缈的梦幻，茫茫然
无法控制思想的闸门
人生苦短不想左右
只好任情感肆虐
一塌糊涂地迷失了自我

你若有心，便该发现
我的眼里，我的心里
全是泪滴凝聚，为伊消得人憔悴
怎奈？怎奈？
无计消除空结愁，才下眉头又上心头
如今我只求一醉，醉在你的方向

这个冬季，多少个夜里辗转无眠
梦里花落，
我无所适从，我惆怅叹息，我魂无所依
伤是伤了些，但没有谁规定可以不伤
痛，须自忍；乐，无独享
或许
我已读不懂那些苍白的岁月
而不得不选择心灵永久的流浪
这个冬季，真的很冷
冷到连我自己呼吸也颤抖

无声

炎炎骄阳中

处处都有窒息的热风

夜不能寐

每天上演着分分合合的悲喜剧

融入这个人潮人海中

每个人的内心都有心碎的痕迹

繁华的背后

藏匿的悲伤谁又能知晓

夏季的浮躁声

渐近又渐远

迷茫彷徨

不知要去往何方

孤独徘徊

任凭寂寞侵袭

一切的无奈就这样

随着奔波湮灭在岁月的生涯中

翩翩起舞的书页

记满铭心的往事

窗外失去活力与水分的树叶
不断地下落
不断地飘起
心也随之而起起落落
不忍心
再回眸来时的路
回头眺望过去的一切
原来
已走得好远
已找不到来时的路

幻感

一个幻真幻假的时空
让人不得安宁
在寂寞里徘徊
在徘徊中寂寞
无法领略其中的美丽
难忘的夜落下我的点点心愁
不敢放怀幻梦中美丽的臆想
面对清冷
无语歌唱
回首过往我怎能不惆怅

心像一个沉默的渡口
河水悄无声息地淌过
漂浮的泥沙如记忆中的往事
随水漂流而下
深深沉到河底
我相信随着河流的干涸
最终也将虚无
我已忘记
原来我没有借口

不轻易表达

往往最为深沉

曾经我是如此用力地去记忆

甚至不惜让这些走进自己的生命

尽管连我自己都不知道会停留多久

又会留下什么

只能尽力去想象去沉醉

我总是在告别

不断告别

始终找不到自己心里的东西

在冰冷的黑夜里

会让我感觉温暖

历史总是如此相似地重复

可悲的不是我们选择错误

而是我们明明知道是错

却依旧执迷不悟

反反复复

来来回回

最后所有的记忆

只剩下朦胧的感觉

幻想一旦被现实的利刃击得粉碎

记忆就定格在曾经最为璀璨的瞬间

什么都没有考虑

恍惚间仿佛经历了一场过于华丽的幻觉

仅此而已

风无影

心留痕

冰冷的夜里

屏幕的荧光映衬出孤单凄凉的身影

舞动的指尖

在键盘上倾泻一地心情

看不见，摸不着，闻不到

仅剩一抹绚丽的记忆

时常感叹人生的跌宕起伏

或许人生就是一场游戏

唯有孤单的影子

那种苦涩又甜蜜的心情

那种快乐、甜蜜、温馨、浪漫的感觉

永远存在我的心海里

存在我的记忆里

过往的点滴萦绕今夜的心田

嘴角还挂着一抹甜淡的微笑

孤寂的深夜里

心灵深处还保留着丝丝的温暖

虽然若即若离虚无缥缈

但我无怨无悔

保留一份弥漫着温馨恬静的记忆

在寂寥的时候

闭目回忆快乐瞬间

时光飞驰

沧海一粟

沉浸在绚丽的过往

深陷在淡淡的记忆

今夜

又是一个漫长的不眠之夜

你留给我的风景

却是那样的美丽

那样的璀璨斑斓

人生路上，边走边看，边看边笑

随风飘起的笑容

无影无踪，无色无味，随风摇曳

槐花幽幽

春来，槐花幽幽
徜徉在雪色的槐花林中
呼吸着槐花的芳香
内心柔和得无以描述

天很蓝，月光如水
如玉的苍穹静谧而祥和
你走进了我的梦
成了我视若珍宝的一个梦

我怕它碎
所以小心翼翼步步为营
谁也不知道
从此我……

我以一个静默者的姿态
用了最虔诚的瞻仰态度
关注你的一言一行、一举一动
所有所有

每次不经意的遇见
我的喜悦都会迸发出来
在电光石火之间充满整个心脏
逼得人轻飘飘像要飞起来般手足无措

每次见到你
眼角眉梢全是甜，希望时间在那一刻停止
仿佛是神的旨意
安抚着我躁动的内心

人生十分孤独
一木一石都很孤独
没有一个人能读懂另一个人
每一个人都很孤独

虽然我的梦最终落空
满心期待没等来你的半点儿消息
也许你从未在意从未想起
可是我却记住了那些曾经温暖我的时光

槐花香幽幽
幽幽香槐花
看那满山遍野的洁白摇曳的槐花
在风中孕育自己的芬芳

你悄悄长大

当凌晨钟声敲响
你收拾起厚厚的书本
长长的哈欠
困顿来袭
你瞬间沉睡入梦
初中的课本亦厚亦难
莘莘学子努力的少年

初中的少年，还是小男孩
像只小鹰隼，需要羽翼的温暖
小小少年，依然依恋着妈妈
揽你入怀，看你酣睡
时间都去哪儿了
我呆萌的小钢蛋
变成了英俊的少年

揽你入怀，掖好被角
往日的快乐浮现眼前
从你笨笨的蹒跚学步到咿呀学语
从纯真的一年级到懵懂的小学毕业

从小升初的渐渐勤奋到初中的贪黑起早
那次你帮同学送伞
那次你被老师夸赞
那次你受委屈的沮丧
那次你获大奖的笑颜
那次、那次还有那次
多少个那次，为娘多少次的心欢

揽你入怀，看着你熟睡的脸
你甜甜的嘴边，你上扬的眉尖
尽是妈妈的无限爱怜
似弥补平日缺少的陪伴
让我感受做娘的温软

揽你入怀，看你入眠
岁月如此静好
内心如此安然
多想让时间停止
多想让时光倒转
我知道
当你是大男孩时
就有了自己独自的空间
恍如昨日
不知不觉
你悄悄长大
时光慢些慢些再慢些
终有一天

你会羽翼丰满
飞出妈妈的怀抱
去寻找自己的春天
你会展翅翱翔
你会飞高飞远
加油，孩子
加油，少年

人生的不确定

有那么一刻
想在无所事事中虚度光阴
无法抵抗
追寻尘缘的足迹
心灵
越来越柔软
胸怀
越来越宽阔
感受那种温暖与舒适
此生久违了
早就发现
曾经老实的同学成了狡诈之徒
花心的学姐做起了全职妈妈
善良的初恋混迹于酒吧
突然感觉
这个世界很莫名其妙
谁也不知道下一秒会发生什么
多年以后
我们都变了一副模样
也许人生的精彩
也在于"不确定"

浮生如梦

天空中
两只相拥的鸟会坠落
在水里
两个相拥的人会下沉
人可以靠近一些相互取暖
但不能腻在一起彼此拖累
可以互相鼓励往高处飞
但不能彼此牵扯往下沉沦

用心甘情愿的态度
过随遇而安的生活
在无数的夜里
说过的话、打过的电话
思念过的人、流过的眼泪
看见的或看不见的感动
我们都曾经有过
在时间的穿梭中
豁达、幽默
交谈、说笑
一切将成为永恒

遇知心人
觅好去处
便是赏心悦事

一方清静
一轮明月
浮生安然
世界是自己的
与他人毫无关系

中国避暑城

找趣

调试一种醇香

在平淡无奇的叙述中

让你感受我淡淡的思想

和浓稠的琼浆

让你品味一种馨香

和真情流淌

放下烦忧

让灵魂休憩

保持阳光般的微笑

用释然的好心态

从容优雅地观察、体会、欣赏人生

以平静、轻松、执着的态度笑迎人生

书咄咄且休休

一丘一壑也风流

在闹哄哄的三界之外

去认真审视街市和庭院

盼开学

岁月不待悄悄溜
不必追赶太离奇
人生不如意十之八九
可与语人者并无二三

家有备考我儿男
起早贪黑网课繁
调动生命之精华
倾力一搏像干将莫邪
把自己炼进自己的剑里
把自己融进自己的血里

读书不觉已春深
一寸光阴一寸金
烟雨春风细柳斜
鸟声如洗空气新
亲爱的孩子在努力
我家的小孩盼开学

新愁

冰天雪地何时了，
任慧眼，知春早，
无奈走在风雨道，
叹世俗匆匆。

何时高朋来面前，
看曲径，通幽处，
几回梦里空寻找，
伤感人叹息。

行毫欲把君来赞，
结成诗，傲苍穹，
新愁缭乱心头绕，
悄悄知多少！

山高水远思如泉，
千滴泪，皆过客，
写尽天涯无语表，
点点痴谁晓？

随感（组诗）

（一）释怀

当年忠贞为君愁，
何曾怕泪流？
如今刀刀见血，
伤痕怎愈收？
孩未就，身心倦，人已秋。
余生之年，何去何从？
天笑尔输。

（二）放下

你曾踏雪伴郎行，
只因他在山中修，
半生匆匆山河远，
回首辛酸浸满喉。

回忆当年春常在，
也曾谈笑趣味生，
而今忽觉形影只，
已无伊人诉心怀。

你非才俊他非贤，
凑在一起是个缘；
有鉴宁可自掘坟，
不知怜惜莫要伤。

生命短短几个秋，
前方行路不多时，
身后空留蝴蝶梦，
人间再无那份情。

感怀

推窗南望庆云阁，
案上横陈数卷稿。
无奈人在心不在，
深知情长，无计消除。

往事如烟烟袅袅，
倚伏难明多惆怅。
飒飒秋风天未老，
思绪万千，心头萦绕。

路遇

晚饭过后无所事事
信马由僵街市游荡
小商小贩满目琳琅
烟火气息人间正旺

忽见两个女人你推我搡
声高气大势不可当
鸡毛蒜皮互不忍让
打破一片和谐景象

女人何苦为难女人
给社会找一个麻烦
给自己找一个瞀乱
实在不划算

世事难料人心难测
多少人多少事
只愿意活在自己的世界
谁也听不懂谁

和气为贵
把力量收回来
不受任何干扰
做些值得的事

致心情

阳光雨露，春华秋实，闲居索处，吟风弄月；
青灯一盏，手机一部，夜半私语，飞思依然；
目之所及，心之所得，草树颜色，水雾湿润；
旧雨新知，淡酒薄茶，龙山青青，朝朝暮暮；
不以物喜，不以己悲，生活如斯，人生匆匆；
感而发思，思而悲泣，心中隐隐，痛泪欲出！
到水穷处，看云起时，平和空灵，无愧无悔；
语罢宵半，明月可鉴，与君相伴，天地亦恋！

致新年（组诗）

（一）

时光匆匆年又来，
万千感慨溢胸怀；
寂兮寂兮思过往，
开怀乐事几寥寥。

春看花如泪凝羞，
秋望满地落英愁；
苦甜浸喉滋味浓，
睿智似星意境空。

青山依旧在等候，
人却憔悴不经留；
指缝溜走多少梦，
风雨兼程启新征。

（二）

癸卯兔来迎新春，
鞭炮齐鸣年味足，
美好祝福化为力，
煎炸烹煮忙团团。

艰难困苦终消散，
守得云开见月明；
身体康健是根本，
人过四十感受浓。

年年岁岁花相似，
岁岁年年人不同。
人情世故未全懂，
细水长流灵魂醒。

蓦然回首已半世，
棱角依旧如麦芒；
我将痴心付时光，
简单过好每一天。

送别

望君窗前一盏灯，
秋冬春夏夜长明；
思想精深明日月，
笔墨生花饰六春。

顶天立地一龙人，
胸怀博大纳星辰；
晨夕推移悄悄过，
愿君福康溢海河。

山城春暖又东风，
寒舍桃花寂寞红；
叶落知秋翠未倾，
穿绸着缎任君行。

人生结交在始终，
莫为升沉路分停；
我寄愁心与明月，
随风远远送一程。

忧思

绿黄四季有轮回，多彩人生何不归？
有意问君君不语，一杯淡酒两行泪。
千年顾盼谁曾怜？高山流水守痴闲。
又到一年春来时，奈何红尘愁丝伴。
一只杯，一壶酒，一口自饮；
一生来，一世忙，几多风雨；
是车轮还是光阴，
催白了双鬓，催老了容颜！

思远方的朋友

小酌几杯微醉显，红透腮边，白染鬓边；
无奈远隔百十里，世俗匆匆，独坐唏嘘；
今宵酒醒在何处？梦中花露，滴滴清芬。

在这个时刻

在这个时刻
什么都值得记录
不论是快乐还是痛苦
都是生活对你的馈赠

在这个时刻
认真干好每一件事
努力过好每一分钟
不论是幻想和成就
都是你难得的过程和享受

在这个时刻
想说就说想笑就笑
想哭就哭想乐就乐
这个时刻
是你人生的过往
只需要自由
不需要理由

黄昏的小路

走在黄昏的小路
树影婆娑
脚步轻盈
小路细长细长
仿佛没有尽头
就这样慢慢地走着

这条黄昏的小路
走得这样漫无目的
走得这样悠然自得
走了很远很远
像是生活原本美丽的当初
你是什么样的人
就会走什么样的路
就会看到什么样的世界

一只欢快的鸟

清晨
一只小鸟在枝头跳跃
尖尖的嘴巴
灰花的翅膀
不停地鸣啾
呢喃在清新的早上

它早早起来
独自在树枝上跳跃
是在呼朋引伴？
还是在捕捉虫儿？
一只小鸟
一根枝丫
一声高歌
是我路过的一幅绝佳景象

一山一石很孤独
一草一木很孤独
一花一鸟也很孤独
个体在本质上是孤独的

就像人的一辈子
最终的归途
都是一个人的旅程

欢快的小鸟
轻巧的躯体
不停不停在跳跃
努力努力在寻找
虽然很小
虽然孤单
但它一定能够
飞高飞远

在我踽踽行走的路上
被一只欢快的小鸟
陪了一程
我真真目睹到
小鸟追求生活的热情
我切切感受到
小鸟蕴含的无穷力量

后 记

　　喜欢文字，钟情于文字，这神奇的方块字总是让我痴迷，沉醉其中，虽然我不能游刃有余地将其驾驭，不能淋漓尽致地将其应用，但是对文字的这一腔热爱让我总有一种力量在永不停歇地追随它，我想这就是文字的魅力。多少次我想把文字铺成一条长长的路，开成一树绚烂的花，铺在故乡的天地间，开在岁月的枝头，让其摇曳着生命的清香，感受时光，感受流年，感知生命的博大与多彩。

　　不论是散文、现代诗、格律诗、长诗、短诗等，都是我在创作路上的一种体验，是我心灵的歌唱，情感的流淌，是一种对工作、对生活、对精神、对感情等等的记录，是我对传统文化的敬仰，也是我对散文诗歌多样性多种形式的探索。既有文学性的纯粹，也有正能量的引导；既有小女人的心思，也有大男儿的担当；既有儿女情长的琐碎，也有忧国忧民的情怀；既有坦荡的率真，也有淡淡的隐晦。字里行间有温柔的软语呢喃，也有豪迈的铿锵誓言，有对生活的领悟，也有对美景的感叹，有对美好生活的追求向往，也有对痛苦挫折的无限惆怅。总之都是我对工作和生活的一种感悟、一种力量和一种向往。

　　当然，从文字的创作中获取利益是比较难的工作，文字创作很难当饭吃，但是，一颗热爱文字的痴心是什么也阻挡不了的，我用一支瘦笔当成一只犁，在文字广袤的土地上，一笔一画，书写春夏，书写秋冬，书写青春，书写岁月，尽管我的文笔还是那么稚拙，但是我在不断努力，奋力前行，希望这样能够使更多的笔耕者参加进来，抬头望得见苍穹的辽远，低头看得到苍生的卑微，感慨生命的沉浮、命运的悲喜、人性的光芒，引领一方创作，耕耘一片天地，打造一处净土。我在积极组织各种文体活动的时候，就像一只叽叽喳喳的小鸟，忙前忙后、热情张罗，总是用力呼唤、精心组织，总是啰啰唆唆、苦口婆心，让大家多读书读好书、勤动笔出作品，那种费劲费力的样子，就像一只护犊子的老山羊。我多么希望，用文字串成珍珠，亮晶晶的，就像灵魂的光；我多么希望，用文字塑造出美好的心灵底蕴，滋养出奋进的精神形态，指引正确的价值坐标；我多么希望，用文字铺绿大地，笔之所触，皆为世事之澄明，人间之美好。每个人都是美的使者，善的化身，绿草如茵，安居乐业，自然和谐。很简单，很纯粹。

也许在生活中，你一直走着走着，一直干着干着，或许有时候很累，或许有时候会无所适从，或许有时候会迷茫无助。大千世界、洋洋洒洒，你喜欢安静，他喜欢热闹；你认为名著深刻，他偏爱小诗清新；你爱搞复杂，他愿意简洁；你钟情玫瑰，他拜倒在芍药花下。数不清的文字组合，多少的书本成册，但是，只要这一本小小的集子里，哪怕有一段话一首诗一句话一个词，能让你感到肯定和振奋，我也感觉不错。只要这本集子能够给你带来阵阵开怀，我也感觉值了。如果这本集子，能够触动你的神经，引起你的共鸣和感动，能让你感到被光照耀、被暖簇拥，我更是开心。

感谢为文学艺术事业辛勤劳动的工作人员，感谢每一位读者对这本集子的关注与喜爱，感谢老领导张主席的关注与支持，感谢我市著名作家刘爱玲和我市著名诗人党剑对我的关心和厚爱，他们一直是我创作路上的引路人和指导者，是我前行路上的力量和榜样，这也将会激励我继续在文字的大海里遨游，保持和捍卫文学的高尚性，用欣赏的眼光发现美，用勤劳的双手记录美，创作出更多更好的作品，为文学艺术事业贡献更大力量。